中国语言文学
一流学科建设文库

本成果系2018年度国家社科基金重大项目多卷本《中国现当代旧体诗词编年史》编纂与研究及数据库建设（编号18ZDA263）的阶段性成果

21世纪新锐吟家诗词编年

（第四辑）

李遇春　朱一帆　主编

華中師範大學出版社

新出图证(鄂)字 10 号

图书在版编目(CIP)数据

21 世纪新锐吟家诗词编年. 第四辑/李遇春，朱一帆主编. —武汉：华中师范大学出版社，2020. 11

ISBN 978-7-5622-8932-6

Ⅰ. ①2…　Ⅱ. ①李…　②朱…　Ⅲ. ①诗词—作品集—中国—当代　Ⅳ. ①I227

中国版本图书馆 CIP 数据核字(2020)第 195636 号

21 世纪新锐吟家诗词编年(第四辑)

©李遇春　朱一帆　主编

责任编辑：魏耀武　　责任校对：刘少玲

封面设计：罗明波

编辑室：综合编辑室　　电话：027-67867370

出版发行：华中师范大学出版社有限责任公司

社址：湖北省武汉市洪山区珞喻路 152 号　　邮编：430079

电话：027-67863280/3426(发行部)　　传真：027-67863291

网址：http://press.ccnu.edu.cn　　电子信箱：press@mail.ccnu.edu.cn

印刷：湖北恒泰印务有限公司　　督印：刘　敏

字数：198 千字

开本：787mm×1000mm　1/16　　印张：13.75

版次：2020 年 11 月第 1 版　　印次：2020 年 11 月第 1 次印刷

定价：69.00 元

欢迎上网查询、购书

迎中华诗词在新世纪的复兴

——《21 世纪新锐吟家诗词编年》前言

李遇春

众所周知，中国古典诗词在五四新文学运动中被打入另册，虽然此后这种诗体并未消亡，甚至还在不同的历史时期强劲地展示着自己独特的艺术生命力，但遗憾的是，长期以来的现代中国文学史书写中，基本上没有了古典诗词文体的位置。一百多年来，随着“新诗”的强势崛起，中国古典诗词一直被视为“旧体诗词”而遭到歧视，正所谓“名不正而言不顺”，戴上了“旧”帽子之后的古典诗词就仿佛戴上紧箍儿的齐天大圣，纵有天大的本事，也总还是摆不脱各种各样的发展限制，由此必然妨碍了古典诗词文体在现代中国的自由生长。于是新时期以来，随着时势的变迁，一些有识之士会同体制中人一起为“旧体诗词”正名，他们先是成立了中华诗词学会，随即又创办了《中华诗词》杂志，进而在新世纪还成立了中华诗词研究院，“中华诗词”的概念由此深入人心。虽然也有“国诗”、“汉诗”这样的新概念用以命名“旧体诗词”，但前者容易让人联想到“国学”的民粹主义，后者又容易让人联想到“汉学”的民族主义，大抵都给人留下保守封闭的印象，不如“中华诗词”新概念更具有包容性，更能指引中国古典诗词在现代中国历史语境中的发展新方向。至于有人指责中华诗词学会及其《中华诗词》杂志已沦为当代中国“老干体”诗词的大本营，其中网络诗词界的讥议尤盛，那是另一个层面的问题，与“中华诗词”新概念的合理性无关。

进入新世纪以来，中华诗词确实出现了新的艺术面貌和新的发展态势，长期被新诗和主流学界所压抑的旧体诗词终于出现了复兴的迹象。毋宁说，中华诗词在新世纪已经开始复兴，这种复兴的势头方兴未艾，艺术前景十分广阔。这不光是因为《中华诗词》杂志在发行量上已经超越《诗刊》成为中国第一大诗歌刊物，更重要的是，如今许多原本只刊登新诗的诗歌杂志也专门开辟旧体诗词栏目以示尊重或者和解，《诗刊》甚至还专门创办了增刊《子曰》，这就更不用说国内各种琳琅满目、不计其数的地方性旧体诗词专刊了。毫无疑问，旧体诗词在当下中国的复兴已是大势所趋，尽管学界关于旧体诗词能否入史的问题依旧充满了争议①，但中华诗词的艺术绵延和客观历史发展进程并不会以少数人的学术意志为转移，而是在新的历史语境中展示出生命蓬勃的艺术力量。如果不带偏见地理性回顾百年来的中华诗词演进历程，我们就会发现，所谓旧体诗词，它不仅没有消亡，而且还在艰难的历史时空中曲折地存在着和发展着，百年间无数的诗人词客在殚精竭虑地传承着中华诗词的艺术命脉，虽然其间有盛有衰、有高潮有低谷，但毕竟没有中断，事实上也不可能中断，由此终于迎来了新世纪中华诗词复兴的历史转机。正如清人叶燮在《原诗》中所言："乃知诗之为道，未有一日不相续相禅而或息者也。但就一时而论，有盛必有衰；综千古而论，则盛而必至于衰，又必自衰而复盛。"而盛衰之理在正变之中，故叶燮反对"伸正而诎变"，主张用动态的流变眼光看待诗史的演变。他说："且夫风雅之有正有变，其正变系乎时，谓政治、风俗之由得而失，由隆而污。此以时言诗；时有变而诗因之。时变而失正，诗变而仍不失其正，故有盛无衰，诗之源也。吾言后代之诗，有正有变，其正变系乎诗，谓体格、声调、命意、措辞、新故升降之不同。此以诗言时；诗递变而时随之。故有汉、魏、六朝、唐、宋、元、明之互为盛衰，惟变以救正之衰，故递衰递盛，诗之流也。"② 其实有清以降，中华诗史同样符合叶氏所言正

① 近年来主张旧体诗词可以入史的文章有马大勇的《"二十世纪诗词史"之构想》（《文学评论》2007年第5期）和《论现代旧体诗词不可不入史——与王泽龙先生商榷》（《文艺争鸣》2008年第1期），刘梦芙的《20世纪诗词理当写入文学史——兼驳王泽龙先生"旧体诗词不宜入史"论》（《学术界》2009年第2期），夏中义的《中国当代旧体诗如何"入史"——以陈寅恪、聂绀弩、王辛笛的作品为中心》（《河北学刊》2013年第6期）等；反对旧体诗词入史的文章有王泽龙的《关于现代旧体诗词的入史问题》（《文学评论》2007年第5期），吕家乡的《新诗的酝酿、诞生和成就——兼论近人旧体诗不易纳入现代诗歌史》（《齐鲁学刊》2008年第2期）等。

② （清）叶燮著，霍松林校注：《原诗》，人民文学出版社1979年版，第3、4、7页。

变盛衰之理，由康乾盛世至晚清末世，由民初走向共和至抗战军兴，再由新中国的革命年代至改革时期，中华诗词之盛衰正变确实系乎时代的正变盛衰。当然，正体与变体、盛世与衰世之间并非绝对化理解，正体可以是另一种意义上的变体，衰世可以是另一种意义上的盛世。但无论如何，求新求变以救正体之衰，振衰起弊而复盛，这是中华诗词千百年来历史演变轨迹的根本至理。

在我看来，近百年来现代中国旧体诗词发展进程中大致出现过三次创作高潮，而且这三次创作高潮都体现了时代与诗词之间的盛衰正变之理。第一次旧体诗词创作高潮出现在1930年代至1940年代的抗战时期。自1931年“九一八”事变之后，日寇侵华野心开始全面暴露，中华民族继晚清鸦片战争之后再度陷入了全面的民族危机之中。民国改元以来的国家内部矛盾开始被中日民族矛盾所压倒，而在那个民族救亡年代里，旧体诗词感时忧国的现实主义诗歌传统得到了极大的发扬，一改民国初年北洋军阀统治时期旧体诗词界沉闷平庸的艺术局面。民初的旧体诗坛实际上为晚清诗坛遗老所掌控，诸如陈三立、郑孝胥、沈曾植等同光体诗人，樊增祥、易顺鼎、梁鼎芬等中晚唐诗派诗人已经日渐沦为时代的边缘人物，他们几乎丧失了与广阔的现代社会现实生活对话的能力，大都以遗老遗少自居，然而那份孤臣遗民情结又与现代中国语境格格不入。而康有为等诗界革命派以及柳亚子等南社中人也日渐与时代主潮相脱离，甚至再度陶醉于明清两朝就纠缠不清的宗唐与宗宋的诗坛门户之争中①。而曾经的北洋政府大总统徐世昌退隐后组织晚晴簃诗社，笼络一批晚清遗老遗少辑编《晚晴簃诗汇》，虽于有清一代诗歌编纂善莫大焉，但徐氏所作诗几乎没有忧国忧民情怀，“其诗冲淡雍容而不俗，有唐代大历之风”②。这种贵族化的大历诗风并非为徐氏所独有，而是颇能代表民国初年旧体诗词远离现实的古典主义倾向。加之五四新文学运动和新诗的强势崛起，旧体诗词遂陷入日渐衰微的境地。直至抗战军兴，新生的旧体诗词创作力量得以重新集结，他们直面现实，以旧瓶装

① 柳亚子：《我与朱鹓雏的公案》，《南社纪略》，上海人民出版社1983年版，第149—154页。

② 胡迎建：《民国旧体诗史稿》，江西人民出版社2005年版，第90页。

新酒，大胆发挥民族艺术形式的长处，一举扭转了民初以来的旧体诗词创作颓势。在战火纷飞的1930—1940年代，除了国共党人的旧体诗词创作之外，一大批现代学者和新文学家都卷入了旧体诗词创作的时代浪潮中，尤其是众多新文学家“勒马回缰写旧诗”（闻一多诗语）的现象颇为引人瞩目，而《词学季刊》、《青鹤》、《民族诗坛》、《同声月刊》等一批旧体诗词刊物的创办则为抗战旧体诗词的“中兴”提供了有力的传播载体与渠道。时至今日，抗战旧体诗词中兴的现象依旧是中国现当代旧体诗词发展史研究中的一个绕不开的重要课题。虽然当时中国处于战乱之世，“时变而失正”，但抗战诗词作为变体却不失为正，它是对民初远离现实的贵族诗风和古典格调的大力反拨，由此成就了抗战诗词的艺术高峰。正所谓“国家不幸诗人幸，赋到沧桑句便工”（清人赵翼诗语），抗战诗词的中兴与当时的衰世或乱世可谓相反相成，惟其以变救正之衰，故能成就一代诗史。

第二次旧体诗词创作高潮出现在1960—1970年代的“文革”时期。“文革”的发动并非一日之寒，而是新中国成立后历次政治运动的必然后果，尤其是之前的反右和“大跃进”运动给“文革”埋下了历史伏笔。毋庸讳言，新中国成立初年的主流旧体诗词在整体上是以“新台阁体”为显著文体特征的，除了革命领袖的红色诗词广为传颂之外，众多将帅诗词也集中涌现，而且以郭沫若为代表的文官诗人群体更是沉醉于革命诗词的主潮之中，这其中既有新文学家出身的革命诗词作者，也有各民主党派的革命诗词作者，他们的创作共同汇聚成了新中国成立后的“新台阁体诗词”潮流。这种与明代初年“台阁体”诗潮相类似的雍容华贵、铺排肤廓的诗风显然是与当时的真实社会现实生活相脱节的，它染上了华而不实的伪浪漫主义格调，表面上尊唐抑宋，而实际上与真正的唐风大相径庭，称之为伪唐风并不为过。1958年《光明日报》创辟的《东风》副刊就是一个集中刊登“新台阁体诗词”的红色园地。据称编辑部时常收到读者来信，对这个栏目表示欢迎，“使我们记忆犹新的是，毛主席读《东风》发表的旧体诗词，既仔细，又认真”[1]。这也侧

---

[1] 光明日报文艺部编：《〈东风〉旧体诗词选·编后记》，光明日报出版社1985年版，第417页。

面说明了当时“新台阁体诗词”盛行的原因。事实上，唐诗有初盛唐与中晚唐之别，宋词有北宋词与南宋词之别，北宋词比较接近于初盛唐诗，大体属于盛世欢歌，而南宋词比较接近于中晚唐诗，大体属于乱世悲歌。而“新台阁体诗词”显然是所谓盛世欢歌，虽然历史最终告诉我们那不过是一场激进的“大跃进”诗词运动而已，但毕竟它是当时的诗词正体。然而，反右和“大跃进”之后的中国很快“时变而失正”，1960—1970年代的中国陷入了困境乃至于浩劫之中。由此在诗词界出现了艺术反弹，一大批被排挤、被流放、被批斗的新文学家、学者、书画家、艺术家、政界中人开始“反正求变”，他们汇聚所成的地下诗词创作潮流蔚为大观，聂绀弩及其“聂体”就是这股地下诗词潜流中的翘楚，虽然时过境迁但依旧还为读者、学界和史界所重。这是一股在当代中国政治动荡时期涌现的反叛性的诗词浪潮，它传承的是中国古典诗词在时代逆境中的现实主义精神和战斗功能，故而能在当时构成对主流“新台阁体诗词”正体的艺术反拨。借用清人叶燮的说法，这就是以中晚唐的“衰飒”诗风对抗当时流行的伪唐风，以“秋花”、“秋声”、“秋气”有意区别于“春花”、“春声”、“春气”，即以中晚唐诗风对抗初盛唐诗风，或曰以南宋词风反拨北宋词风。正如叶燮所言：“然衰飒之论，晚唐不辞；若以衰飒为贬，晚唐不受也。”① 同理，革命年代地下诗词创作虽以“衰飒”之风见长，但毕竟是真正的“秋声”，而当时的主流“新台阁体诗词”虽雍容华贵、貌美如同春花，但却不过是伪唐风罢了。

随着1976年天安门诗歌运动（以旧体诗词为主）的爆发和“文革”浩劫的结束，中国当代旧体诗词创作步入了新时期。新时期的旧体诗词在新的历史语境中其实传承了革命年代旧体诗词“二水分流”的发展态势。一方面，主流诗坛将新中国成立后的“新台阁体诗词”进一步推向极致，由此异化为当今中国常见的“老干体”诗词大行其道；另一方面，民间诗坛（包含新世纪以来的网络诗坛）将革命年代的地下诗词创作潮流引入地上和公开传播，与作为正体的“老干体”相对立，而这种民间写作的诗词变体显然更能代表新时期旧体诗词创作的思想和艺术水

① （清）叶燮著，霍松林校注：《原诗》，人民文学出版社1979年版，第66页。

准。如果说“老干体”是“春花”，那也只能是丧失了“春声”和“春气”的纸扎的春花，而在民间诗坛艰难行进的旧体诗词则是“秋花”，虽然难免时常笼罩着“衰飒”的“秋意”和“秋气”，但作为一种诗词风格的“衰飒”是不应该受到贬低或责难的，因为它是另一种审美形态，有别于空疏浮泛的伪唐音和伪浪漫，而更接近于中晚唐诗风和南宋词格，以忧愤悲凉的现实关怀和沉郁新警的艺术风格为其主要特征。所以，我们这个时代的旧体诗坛依旧存在着脱离现实的古典主义艺术路线——“老干体”取向，与直面现实的现实主义或现代主义的民间诗词艺术路线的对立。而经过三十多年来的民间诗词发展，尤其是新世纪以来网络旧体诗词的勃兴，人们必须正视中华诗词在新世纪已然复兴的现实。这次诗词复兴有着极其厚实宽广的社会文化基础和传媒载体支撑。1990年代以来全球化时代的到来，激发了国内民族传统文化热潮，而旧体诗词写作热潮正是这次民族传统文化热潮的一部分。虽然这种传统文化热有着文化保守主义倾向，这当然需要警惕，但对于中华诗词千年命脉的传承而言，却是一次难得的历史发展机缘。更何况西方中心主义的全盘现代化模式本身也并非无懈可击，中国文学和中国诗歌的发展在追求西方式的现代化的同时，是不应该完全丢弃自己本民族的诗歌传统和文学传统的，相反应该在中西会通和古今融合的立体艺术轨道上探寻，仅仅热衷于单向度的西化新诗写作而彻底放弃民族传统诗词文体是行不通的，也是不必要的。旧体诗词完全可以而且应该获得与新诗同等的发展权利。实际上，新旧诗兼擅的两栖诗人百年来在在多有，有的人新诗比旧诗成就高，有的人旧诗成就赛过新诗，甚至同一诗人在不同时代里有不同的诗体代表着他的水准。我们完全没必要把新诗与旧诗二元对立起来，把传统与现代二元对立起来，而应该探寻二者的艺术对话通道。事实上，当今优秀的旧体诗词作者大都有过新文学和新诗写作经历，他们并不一味地排斥新诗和西方，而是表现出吞吐中西古今的新世纪胸襟，倒是许多新诗人在如何汲取本民族的诗词传统养料方面存在着封闭化和绝对化倾向。好在新世纪以来的诗学观念已经悄然变革，中国现当代文学界的诸多知名学人都对旧体诗词表现出了足够包容的学术胸襟，除了黄修己、钱理群等为旧体诗词的合法地位鼓与呼之外，陈思和甚至还公开出版了他的旧体诗集①。至于世纪转折之交的网络时代的到来，更是给旧体诗词的复兴创造了新的传播空间。李子、嘘堂等网络诗词名家的崛起，把新世纪民间诗词创作提升到了一个新的艺术高度。当然，还有那些不以网络成名的旧体诗词民间写作，如蔡世平、高昌等人的民间写作，与网络诗词界一道创造了新世纪中华诗词复兴的态势。

这就是《21世纪新锐吟家诗词编年》丛书的编纂缘起。我们编纂这套丛书的目的正是为了集中展示近二十年来中华诗词创作所取得的思想和艺术实绩，也借此为中华诗词在新世纪的艺术复兴正名，我们想表明在“老干体”之外还存在着另一种中华诗词，正是这种现实主义或现代主义的新兴诗词创作潮流代表着新世纪中华诗词的历史成就，也必将指引未来中华诗词的艺术走向。这一次我们总共出版两辑：第一辑收录了蔡世平、魏新河、高昌、段维、何永沂的诗词编年小集，每人150首左右，依创作年份编排（少数作者的诗词写作时间不是那么具体，所以适当放宽），每集前还有作者自撰的《我的创作道路》，这样的体例便于让读者看到每位诗人所走过的艺术轨迹，以及他们各自的诗词观念和艺术旨趣。由于新世纪文学的起点向来在中国当代文学研究界说法不一，故而我们在编选时适当收录了1990年代的部分诗词作品，这主要是为了更完整地显示新世纪新锐吟家所走过的艺术历程。第二辑的编纂体例完全相同，收录了李子、嘘堂、独孤食肉兽、无以为名、添雪斋的诗词作品，这五位是当下网络旧体诗坛举足轻重的青年诗词名家，而第一辑的五位作者相对而言并不依赖网络媒体成名或并不以网络空间作为诗词发表的主要载体，按照通常的说法，第一辑的作者以传统媒体的诗词写作为主，而第二辑的作者以网络媒体的诗词写作为主，他们的诗词创作共同交汇成就了当今中华诗词艺术的新高潮。毫无疑问，除了这两辑所选入的中华诗词新锐十家之外，新世纪中华诗坛还有不少足以名列新锐吟家的优秀诗人词客，但由于诸种主客观条件的限制，我们此次只是初步选录了以上十家的诗词编年作品，今后条件成熟，我们将继续编纂《21世纪新锐吟家诗词编年》续集，将更多的优秀诗词作者囊括进来，

① 陈思和：《鱼焦了斋诗稿初编》，漓江出版社2013年版。

如碰壁、胡马、胡僧、天台、军持、燕垒生、矫庵、伯昏子、莼客、披云、响马、孟依依、发初覆眉等网络诗词作手，还有马斗全、刘梦芙、陈仁德、王翼奇、王亚平、刘庆霖、王震宇、周燕婷等依托传统媒体成长起来的诗词作家，他们也都活跃在新世纪中华诗词坛坫中，其创作实绩也值得后人尊重。这些新世纪中华诗词新锐吟家虽然大都是中青年，以“60后”和“70后”为主，但也有年岁较长的“50后”乃至于“40后”，比如湘人蔡世平和粤人何永沂就属于年齿较长者。但显然“新锐吟家”并非一个年龄概念，而是一种诗学和审美范畴，它特指那些在中华诗词艺术上锐意创新的作者，所以年龄不是问题，问题在于是否具备新锐的艺术气质和艺术能量。而在我们这个时代里，这种新锐特质主要表现为对中华诗词现实主义艺术传统的传承和新变，以及对中华诗词现代主义先锋形态的创造和塑型。

需要强调的是，创新并不仅止于革新，而是有因有革，即俗语所云，在继承的基础上创造性发展。没有继承的革新不是创新，而是断裂。理论上不可能，实践上也难行得通。刘勰在《文心雕龙》中明确指出“通变之数”在于“参伍因革”①，一味地因循守旧是没有前途的，而完全断裂式的开新也终将因为水无源、木无本、难以为继而返回原点寻根。回想1980年代中期，中国新文学在行进了大半个世纪后由韩少功、贾平凹、莫言、王安忆等人掀起“寻根文学”潮流并不是没有来由的，其根本旨趣正在于返回中国文化（文学）传统中，寻觅创造性转化的民族资源，正是为了有意识地、群体性地修复“五四”以来长期被新文学家所有意割裂的民族文学（文化）血缘脐带。所以，文学寻根的目的在于文学传统的再生，在于用西方话语激活中国文学传统，由此发生传统的创造性转化。而刘勰的文学“通变”观念显然值得今人好好地温故而知新，不同之处在于，我们需要在刘勰的古今维度之外增加中西维度，形成立体式的文学通变观或文学创化观。如果用清人叶燮的话来描述，即一个时代的文学创新往往是这样一幅历史图景：“从来豪杰之士，未尝不随风会而出，而其力则尝能转风会。人见其随乎风会也，则曰：

① （南朝梁）刘勰著，范文澜注：《通变第二十九》，《文心雕龙注》（下），人民文学出版社1958年版，第521页。

其所作者，真古人也；见能转风会者，以其不袭古人也，则曰：今人不及古人也！”① 这暴露了中国文学传统中好古贱今、厚古薄今的文学史惯性思维，但自从五四新文学运动以来，这种文学史惯性思维发生了历史性反转，国人转而迷信现代线性的进化论文学史观，唯求新求变马首是瞻，只顾给那些“不袭古人”的“转风会者”喝彩，给那些割裂传统的文学现代性膜拜者喝彩，而对那些既能“随风会”又能“转风会”的文坛“豪杰之士”报以新保守主义的蔑视，这就彻底混淆了文学复古与文学创化或通变的本质区别，是对现代中国文学发展道路的极大误解。好在这种误解在新时期乃至新世纪以来已经得到了更多有识之士的澄清，无论学术界还是创作界，均涌现出了越来越多的豪杰之士，他们在返回传统的基础上锐意创新，既顺应时代的风会和召唤，也能凭借独特的艺术个性共同塑造一个时代的文学风会。而这套《21 世纪新锐吟家诗词编年》丛书正好可以群体性地展示我们时代中华诗词的艺术新变和时代风会。

其实，无论是回归现实主义还是走向现代主义，新世纪中华诗词的艺术新变归根结底是一场对中国古典诗词文体的现代重塑和再造运动。常常听到不了解旧体诗词创作现状的人这样绝对化地抛下他们的判语断词，即旧体诗词都是老古董，这种古典的诗体根本无法反映或表现现代人的生活经验和生命体验。但问题是，究竟什么样的人才是现代人？现代人是不是只有现代性的生活经验和生命体验？是不是只有那些仅有单向度的现代性经验的人，才是所谓现代人？显然，事实并不是这样。我们常常习惯于将现代人的概念加以抽象化处理或者窄化处理，将现代性的人与现代人两个概念相混淆。实际上，纯粹现代性的人几乎是不存在的，因为现实生活中谁也无法彻底割裂自己与传统的关系，传统已经渗透进了现代人的血液和语言符号之中，如同生命基因一样不可彻底摧毁，而只能借助新的质素的介入，去调整或改善已有的生命结构和功能。这意味着传统就在现代之中，它经过调试后可以成为现代的一部分或有机整体，即使是那些与现代严重冲突的传统因素，也会一直与现代

① （清）叶燮著，霍松林校注：《原诗》，人民文学出版社 1979 年版，第 7 页。

相伴生，作为现代性的一种反对力量而与现代性如影随形。正如有西方论者所指出的那样：“这个批评现代化的‘传统’和现代化本身一样有其普遍性与同一的内涵。民国初期批判西方的人是此一传统的一部分。我们可总结道：现代化以及与其同时存在的反现代化批判，将以这个二重性的模式永远地持续到将来。”① 这意味着，反现代化或反现代性与现代化与现代性一样，也是现代人不可或缺的双重性人格的一部分。二者不是你死我活的关系，而是在冲突中对话的关系。这就如同浮士德和靡菲斯特一样谁也少不了谁，他们在精神上是二位一体的。不要以为靡菲斯特是魔鬼，浮士德是人，事实的真相是浮士德有时候比魔鬼还可怕，而靡菲斯特有时候比人还要更有人性的悲悯。同理，不要以为那些坚定的现代化或现代性论者就是代表着人类未来的天使，因为他们很有可能像魔鬼一样将人类导向灭亡，而那些常常被我们视为“新保守主义”的反现代化论者，则有可能是最终拯救我们走出现代化沼泽的天使。如果有了这样开放而立体的现代人观念，那我们在谈论中国现当代旧体诗词创作的时候就不会轻易跌入现代性的陷阱，就不会简单地将其视为现代人的历史赘生物，而视为现代人整体生命表现形式的有机组成部分。鲁迅先生当年曾说过，只要作者是一个“革命人”，“则无论写的是什么事件，用的是什么材料，即都是‘革命文学’。从喷泉里出来的都是水，从血管里出来的都是血。‘赋得革命，五言八韵’，是只能骗骗盲试官的”②。借用鲁迅先生的话，我们也可以这样说，只要作者是活生生的现代人，无论他的诗采用的是新体还是旧体，也无论他的诗写的是什么题材或者表达了何种思想情感，哪怕是反现代化或现代性反思的思想情感，同样也属于现代人的现代诗。现代诗不是新诗的专门名号，旧体诗词也属于现代诗歌范畴。

明白了这一点，我们就可以客观公正地审视这本新世纪旧体诗词选集中的篇什了。如前所说，新世纪中华诗词创作的一个突出特征就是现

---

① ［美］艾恺：《世界范围内的反现代化思潮——论文化守成主义》，贵州人民出版社 1991 年版，第 216 页。

② 鲁迅：《革命文学》，《鲁迅全集》第 3 卷，人民文学出版社 1981 年版，第 544 页。

实主义诗歌精神的回归与新变，这当然是相对于新时期以来长期占据主潮位置的“老干体”诗词写作模式而言的，而且随着1990年代以来中国社会日益转向商业化和消费主义，类似古典应制体的“参赛体”诗词写作模式也应景而生，这些高度模式化的旧体诗词写作的一大弊病就在于严重脱离现实社会生活，为格律而格律，为形式而形式，从而使旧体诗词写作沦为空心人的伪古董。而作为对“老干体”和“参赛体”诗体的反拨或反对，直面社会现实生活乃至直面中国社会历史的民间诗词潮流应运而生。新世纪民间（网络）诗词创作中的现实主义诗歌精神首先表现为捍卫艺术的真实性原则，他们坚持“写真实”，既包括外在的社会现实也包括内在的心理真实，既不歌舞升平、文过饰非，也不回避诗人内心的矛盾和痛苦。比如蔡世平的南园词，大都流露着词人刻骨的“乡愁”，这是作为现代都市人的词人对乡村生活的观照和审视，因此这种乡愁不同于古人的田园山水情结，而是凝结着词人对当代中国乡村现代化进程的反思意识。《浣溪沙·土地生悲》、《踏莎行·洪湖》、《生查子·大湖泪》、《蝶恋花·路遇》、《蝶恋花·留守莲娘》等词作极为强烈地抒发了词人的乡土情怀和现代家园意识，同时尖锐地批判了乡村现代化进程中的世态炎凉和人情冷暖。读这样既有强烈的画面感，又有娴熟的叙事性的旧体词，是很难不诧异于词人的艺术驾驭能力的，仿佛阅读着那些充满了忧患意识和批判精神的现代散文佳作，甚至还会有阅读匠心别具的短篇小说的艺术感受。读李子的乡土词同样有类似的品读体验，但相对而言，李子词显得更客观、更冷静、更写实，词人往往刻意地规避画外音，极力地让纯粹的画面感和艺术镜头凸现在前，而把创作主体的主观情志隐藏起来，这是李子乡土词与蔡世平的南园词在艺术取向上的最大差异。但从《卜算子·铲松油人》、《西江月·砍柴人》、《阮郎归·伐木人》、《木兰花·挖冬笋人》、《临江仙·小山娃》、《虞美人·山妹子》、《柳梢青·老猎户》、《临江仙·鬼故事》等反映词人故乡赣南山区生活的系列词作中，我们不难体会到李子词与南园词中共通的乡土忧思和底层关怀。读这样的乡土词，确实会有阅读乡土小说的类似体验，这意味着词这种古老的诗体也可以精妙地反映乡土中国的现代变迁。不仅如此，旧体诗词在反映现代城市生活方面同样大有可为，网络诗人独孤食肉兽、李子、嘘堂、添雪斋、无以为名等人的旧体诗词在现代城市生活书写方面都让人耳目一新。这就从整体上回应了中国古典诗词长于书写乡土中国经验，而不适应现代城市生活书写的普遍质疑。

除了乡土诗词和城市诗词值得关注之外，我们还应密切关注新世纪旧体诗词创作中的“底层写作”现象。蔡世平的《贺新郎·寻父辞》、段维的七律组诗《民生即景》（十首）、嘘堂的古体诗《潲可食·网上见老妇食潲水组照，哀而写之》、魏新河的《浣溪沙·探父母》、无以为名的七律《蚁族》等，像这类集中反映当今中国底层民众生活困境的旧体诗词作品不在少数。尤其是高昌在底层诗词写作方面用力甚深甚勤，他的七绝组诗《挽瓜农邓正加》、组词《弹颊三叹》（《摸鱼儿·住房叹》、《凤凰台上忆吹箫·职称叹》、《高阳台·求医叹》）、《扬州慢·听人妖唱歌》、七古歌行《须眉红粉辞》和《哀矿难》等，可谓全方位地书写了当今中国底层生活的世相百态，他甚至连现代城市生活中的底层亚文化群体也没有遗忘，其对人妖和男色卖淫现象的诗词书写令人印象深刻，反映了当今旧体诗人在题材上锐意开拓的艺术雄心。读这样的底层诗词，自然会让人联想到新世纪以来中国新文学界所流行的各种底层文学作品，比如底层小说或底层新诗之类，但由于旧体诗词特有的“旧瓶装新酒”的混搭风格，会给读者带来别样的审美冲击力。事实上，新世纪旧体诗词创作还给我们带来了更多的艺术惊喜。我们不仅可以看到现实性很强的底层诗词写作现象，而且还可以读到历史感很强的类似于“伤痕文学”、“反思文学”、“新历史主义”性质的新型诗词形态，故且可名之为“伤痕诗词”、“反思诗词”、“新历史诗词”，以求实现中国当代文学史中新文学与旧体诗词之间的对话和对接。在“伤痕-反思诗词”写作方面，何永沂的七绝《读寓真〈聂绀弩刑事档案〉感赋》（四首选三）、《和林昭绝命诗〈血诗题衣〉》（九首选一），高昌的七绝《林希〈白色花劫〉读后》（二首），李子的《苏幕遮·打红旗》、七绝《彭元帅》，嘘堂的五古《六安明清老街》、七古《读巫山“文革”巨型标语本末事有感》，尤其是独孤食肉兽的家史性和回忆性系列词作《踏莎行·忆父母早年离居事》、《贺新郎·往事沪上》、《定风波·田叔》、《清平乐·刘叔》、《水调歌头·卫姨》、《风流子·许姨》等，无不对当代中国的激进历史运动——反右、“大跃进”和“文革”中的历史与人的命运展开了深入的思索，或忧愤沉郁，或伤感诚朴，均显示了当今旧体诗词作者的新境界与大胸襟。至于“新历史诗词”写作，蔡世平的《满江红·青山血祭》、《贺新郎·洞庭渔妇》，高昌的《石州慢·泰缅边境路祭中国远征军墓》，何永沂的组诗《云南腾冲行》（六首）、《塞班岛天宁岛游记》（八首），魏新河的七律《乙未春访卢沟桥》（二首），无以为名的七律组诗《抗日战役记》（十首），独孤食肉兽的《莺啼序·武汉会战》等，都属于重写民国抗战史的诗词力作，历史视野开阔，人道主义意识鲜明，既能为固化的历史去蔽解冻，又能为战乱中的小人物作史立传，堪称一代诗史或词史。至于以新的历史视野所作的怀古咏史诗词就更多了，何永沂的《贺兰山下游览西夏王陵感赋》，高昌的七绝《观兵马俑坑》，无以为名的七律组诗《读史》（二十三首），嘘堂的《读史有吊六章》，魏新河的《甘州·读〈史记〉》、《水龙吟·壬辰寒食过易水登黄金台遗址》、《满江红·听诸生论两家后主及宋道君事》等，无不充满了现代人道主义情怀和民主个性意识，虽曰古体，实为新制。

新世纪中华诗词创作的另外一个突出特征就是对传统诗词形式的现代主义塑型。众所周知，现实主义和现代主义这些概念都来自西方话语，但已经构成了现代中国文学话语体系的重要组成部分。如果说现实主义在中国古典诗词史上堪称主潮的话，那么现代主义就比较鲜见了，晚唐温李一派朦胧晦涩的诗词庶几乎有那么一点现代派风度，但至多还是中国文学土壤内部新生的现代派胚芽，只有到了五四新文化运动以后，随着西方现代派哲学和文学在中国的落地生根，中华诗词的传统形式里才有了现代主义的艺术塑型。由于新世纪中华诗词作者群体中有很多年轻人都有过新诗写作经历，或者是深受西方现代派哲学和文学艺术的影响，故而他们的诗词创作就不可避免地带有“先锋诗词”的艺术探索意味。与现实主义路径的中华诗词热衷于直接反映和干预社会现实生活不同，现代主义路径的中华诗词偏重于间接反映或者折射社会现实生活的倒影、回声和变形，前者带有更强烈的现代启蒙意识和批判精神，是外倾型的写作，后者则是内倾型的写作，往往退回诗人的内心世界，甚至于退回其潜意识或非理性体验，可见后者更多地接受了西方现代生命哲学和存在主义哲学的熏染，更多地描述现代中国人的深层生命体验，如孤独与绝望、虚无与荒谬、分裂与创伤记忆等。这种类型先锋诗词比较接近于中国新诗史上的现代派诗歌，我们从中不难窥见穆旦、海子等现当代优秀先锋诗人的影子。当然也不排除近人王国维“人间词”现代哲诗实验体的影响。新世纪的先锋诗词实验体写作大多是书写的现代城市人的深层生命体验，如李子的《采桑子·亡魂撞响回车键》、《喝火令·日落长街尾》、《清平乐·群蛇站起》、《忆秦娥》（平韵格）、《祝英台近·九颗星》、《少年游·银河有个地球村》、《沁园春·兽的故事》、《绮罗香·死死生生》、《临江仙·你到世间来一趟》、《临江仙·童话或者其他》、《风入松·以星为字火为刑》、《临江仙·你把鱼群囚海里》、《减字木兰花·远山无数》等，都带有强烈的现代人类意识和现代城市体验色彩，属于智性写作一路。至于独孤食肉兽的“兽体”词，运用古老的词体书写现代大都市里的物化景观和异化体验，词中关于火车、咖啡屋、娱乐城、购物场、电话亭、摇滚乐等光怪陆离的现代城市意象群纷至沓来，让读者目不暇接，可谓让古老的词体别开生面。其《念奴娇·你的故乡》、《贺新郎·北方快车》、《念奴娇·千禧前最后的意象》、《念奴娇·有女同车：九九城市拼贴》、《永遇乐·不来电的城市》等词作，均堪称网络城市诗词佳构。与李子、独孤食肉兽的先锋诗词相对张扬现代城市生活色彩不同，嘘堂的先锋诗词反过来竭力淡化一切俗世社会生活色彩，由此凸显现代人的生命本体体验，这与现代西方现象学思维如出一辙。当然嘘堂如此写作也与他一直推崇的汉魏古风有关，他的诗大都是古体诗，近体律诗相对较少，看得出来阮籍、陶渊明对他的深刻影响，不仅是诗体的影响，而且是诗歌思维的影响，这就是远离尘嚣、回归生命本体，对生命存在困境展开深入的诗性叩问。如《苟苟歌》、《故居》、《谁说路有鬼》、《困诗四喻》、《古诗九首》、《异域诗人杂咏》（五首）、《空地》、《灵歌》、《饮酒》（组诗）、《旦兮》、《断偈》、《考古》（组诗）等，大都气格高古，然而骨子里却包裹着一颗现代人孤独的心。添雪斋的添雪诗和影青词也大都属于淡化外在社会背景、回归现代城市人生命本体经验的作品，如组诗《魇语之诗篇——妖夜八章》、《减字木兰花·咏花七首》、《孱语词之浣溪沙·七色夜》、《用陶公饮酒韵二十首并序》、《木兰花令·人间七日，满眼繁华心上灰》、大型组诗《星座宫神话》、《浣溪沙·暮光之城》、组诗《死神的 24 小时》等，这些充满魔幻色彩的现代诗词属于中西文化交会的艺术结晶，作者以今化古、以西化中，让中华传统诗词俨然走进了现代青年读者的心田，功莫大焉。此外，无以为名的许多探索诗词也以书写现代都市人的爱情经验和生命体验见长，这些绝望而忧伤的爱情诗词是对中国古典爱情诗词的重塑和变形，而魏新河饮誉词坛的“飞行词”则是对中国传统诗词生命境界的一种新拓展，走出了传统文化的樊篱，注入了现代生命体验。

最后要说的是语言和风格问题。新世纪以来的中华诗词创作之所以让人耳目一新，除了新的题材的开拓、新的思想姿态的引入、新的精神意蕴的掘进、新的创作手法或表现技法的采用之外，还有新的语言词汇的铸炼问题颇为引人注目。一般而言，除非是那些执意要制造伪古董的极端守旧派，大多数的旧体诗家并不排斥现代汉语词汇的进入，问题倒不在于允不允许进入，而在于如何进入以及进入后的艺术效果。独孤食肉兽曾说过：“若以延揽受众为目的，个人以为旧诗写作面临的最大问题存在于符码层面，也即四、五、七言主打的旧体韵文句式与现代多音节语汇之间的不兼容，形象地说，如同穿鞋尺码不合会打泡起茧。”① 正是因为旧体诗词体制在容纳现代汉语语汇方面的局限性，当年五四新文学先驱者才决定要打倒旧体诗词，树立自由体新诗典范来容纳多音节的现代汉语语汇。应该承认，自由体新诗（包含新格律体）的出现是有其历史合理性的，它在反映和表现现代中国人的生活经验和生命体验上有着旧体诗词不可替代的优势，但这并不意味着可以就此取消旧体诗词的生存合法性，因为旧体诗词同样可以书写现代中国人的生活经验和生命体验，而且既可以采用文言也可以采用白话（包括古白话和现代白话），还可以采用文白夹杂的语态。虽然旧体诗词很难容纳现代汉语多音节词汇，但毕竟单双音节词汇才是现代汉语的主体，更何况即使是新诗也不可能融入所有的现代汉语多音节词，后者同样需要提炼成有别于日常实用语的诗语。所以摆在现代中华诗词作者面前的任务不是拒绝现代汉语，而是如何有效地在旧体诗词体制中接纳和融合现代汉语，这是当年晚清诗界革命者没有完成的任务，需要今天的豪杰之士勇于尝试，

---

① 李子、嘘堂、徐晋如、独孤食肉兽：《断裂后的修复——网络旧体诗坛问卷实录（一）》，《新文学评论》2014 年第 2 期。

为新世纪中华诗词的艺术复兴立法。我们欣喜地看到，以蔡世平、高昌、李子、独孤食肉兽等人为代表的当今优秀旧体诗词作手勇于在旧体诗词语言修辞上展开艺术实验，他们果断地引入现代白话语汇，拆解白话与文言的二元对立，在艰辛的诗语铸炼中攀登上了中华诗词的新境界。如“兽体”词中就频繁引入当代城市生活语汇，“夜行车，撤走无数橱窗；锈铁轨，已被鲜花截断”中的“夜行车”、“橱窗”、“锈铁轨”就都属于古典诗词中未见的语汇。至于李子词中的新语新句更是络绎不绝，像“杨柳数行青涩，桃花一树绯闻”、“月色一贫如洗，春联好事成双”、“秋雨三千白箭，春花十万红唇”、“树林站满山冈，石头卧满河床”这样的旧体词句，真是令人拍案叫绝，恍惚间真的消泯了旧诗与新诗的艺术界限。无以为名的探索诗词被誉为“无名体”，其律诗中的对仗好句也是不胜枚举，诸如“无月支持山变态，有风领导水开头”、“雪真优雅风堆放，歌好深沉夜吸收”、“月有饥寒灯喂养，秋非饱满酒添加”、“水因风活添生态，山为云深出造型”之类，让既有的现代汉语词汇翻转出了新意，让人不得不佩服诗人拆解和重构现代汉语诗语的能力。无以为名的这手绝活还被人解密为“解构词语”或“文白错位”①，这真是内行人深得个中三昧。

至于嘘堂等人的“文言实验”体，其实是并不排斥现代汉语语汇的，他们真正要排斥的是现代汉语语汇中那些俗白的部分，而选用并提炼其中文雅的部分。换句话说，他们的“文言实验”在诗语上是为了创造一种高雅的、精英化的“新文言”，这是一种可以与“古汉语”或“古文言”相对接的书面化的诗语，所以新世纪中华诗词创作中的“文言实验”派类似于新世纪中国新诗流派中以西川、王家新等为代表的“知识分子写作”一派，而李子、蔡世平等人的白话旧体诗词则接近于当今中国新诗流派中以于坚、韩东等为代表的“民间写作”或“口语化写作”一派。这说明，如果我们的诗歌研究视野更开阔一点，或者更宽容一点，能够把新诗和旧诗等量齐观的话，我们会发现这两种看似互相反对的诗体其实是彼此相通的，既是精神上的相通，同时也是诗艺上的

---

① 曾少立：《从四人作品管窥网络诗词不同向度的新变》，《心潮诗词评论》2014年第6期。

相通。所以当今中华诗词创作的总体艺术风格还是新旧融合、中西会通和古今一体。所谓“蔡词”、“飞行词”、“李子体”、“兽体”、“无名体”、“文言实验体”这些旧体诗词新体的形成，无不与这些诗人词家善于融会中西古今新旧相关，从而将新世纪中华诗词的复兴推向了历史的前沿。

目　录

天台诗词编年集

关于诗的自白/3

2000 年

秋江别吟/5

2001 年

谒金门·行天/5

2003 年

土著歌/6

2004 年

感时/7
深春夜行/8
菩萨蛮/8

2005 年

无题/8
流民行（选一）/9

2006 年

访禅/10

2007年

雄鸡，纪念廖冰兄/10

2009年

残章/11
佚题/12
妖姬——悼梅艳芳/12

2010年

星夜/13
潮州行/14
青苹果物语/14

2011年

海行，调寄戚氏/15
海城/15
江村夜读/16

2013年

辜鸿铭/16
头陀岭行草/17
听涛/17

2015年

暗室集（选十八）/17

2016年

大墙/25
故地/25

2018年

废土（选四）/26

2019 年

戊戌游黟山有记/27

燕台诗词编年集

我的诗词创作谈/31

2007 年

满江红/32
二月二日/32

2008 年

招魂/33
三水案上有绿萝一株，长青无花/33
夜过哈德门外/33
城市/34
满江红·初雪，城中几无，虽不尽兴，粗制一词并呈西门吹牛兄/34

2009 年

城砖/34
悬钟/35
烛火/35
安全帽/36
再看 94 红磡摇滚夜祭魔岩三杰/36
满江红·雪城/37

2010 年

劫灰/37
海盗/38

2011 年

为梦/39
茉莉/39

扶桑/39
二月/39
黄昏归昌平豆各庄见群鸟自东北觅食而返羽翼弥空/40
见利比亚武装士兵闲暇踢球照片/40
城砖/40
脚伤初愈有感/41
呈白小/41
与八胡敲爻/41
与南华/42
有梦二首/42
杂感/42

2012 年

城头/43
江边城外酒楼听董均吹笛/43
二月一日/44
手机/44
火花——读安可任诗/44
复举莛兄/45
金杯/45
暮春东花市谒袁督师墓堂/46
七月/46
中秋/47

2013 年

岁末七首/47
九月/48
过前门外旧寺/49

2014 年

咏史四首/49
甲午中秋/50

2015 年

正定观倒坐观音/50
信步/51
银锭桥/51
长安/51
长歌/52
虎坊桥咏杨小楼/52
乙未中秋/53
下雪/53

2016 年

迷雾/53
面孔/54
城隍/54
断忆六首/54
双尾/56
中秋/56
挽歌/56
同艾萨德张钱冷公访北齐石柱/57
满江红·有雪/57
译洛尔迦《吉他琴》/58

2017 年

新街口傻三记/58
与马里奥谈/59
积水潭三首/60
中秋/60
寻常/61

2018 年

得阿凡提偶人/62
螽斯/62
七夕过北长街南长街/63

2019 年

仲夏/63
骑士二首/64
永遇乐·三晋雨中访古戏台/65

吴畀诗词编年集

我的创作道路/69

2005 年

离别/74

2006 年

春雨晓行/74
劝乐谣/74

秋来/75
烟瘾大/75
剑客待仇行/76
酒杯/76
不寐/76
如厕/77
仰望/77
二十二岁生日作/77

2007年

读旧信/78
繁华/78
侠客古寺待仇行/78
侠客归去行/79
初夏/79

2008年

清平乐·雪/80
开窗/80
梦/80

2009年

看戏剧频道木偶戏/81
赠别/81
夜坐/81
如厕/82
夜雨/82
浣溪纱·春天一种/82
送人/82
暮雨街行/83
凉夜/83
夜深沉/84
窗镜/84
晨倚/85
溪畔/85
烟瘾深/85
侠客行/86
对雨/86

2010年

暗香·雨夜独行/87
晨起口占/87
漫成绝句五章（选二）/87
古绝六首（选三）/88
拟为古绝十四首（选七）/88
除夕及初一古绝三首（选二）/89

烟/89
西江月·夜雨/89
无如/90
立堤/90
无定/90
听雨/90
古绝/91
覃某某/91
辗转/92

2011 年

古绝六首（选二）/93
古绝四首（选一）/93
花开/93
住雨/94
古绝三首（选一）/94
临江/94
浣溪沙·下班途中/95
生查子/95
古绝七首（选三）/95
辛卯除夕三首（选二）/95
梦回/96
古绝两首/96
对花绝句四首（选一）/96
南街漫步/96
感怀四章（选二）/97
侠客行/97
秋卧/98
周年/99

2013 年

蜗居/99
夏夕/99

2015 年

捣练子/100
疏影/100
天凉/100

2016 年

水调歌头/101
临江仙·问吴不可/101
夜倚/101

2017 年

双双燕/102
浣溪沙/102
三色/102

2018 年

别有/103
此城/104
与吴不妥/104
浣溪沙·妻生日，我不得归，以
寄/105
金缕曲/105
读书杂感/106

2019 年

彻夜/106
公无渡河/106
定风波·夜行/107
入城/107
有无/107
观《昼颜》代为男主作（四首选三）/107
浣溪沙/108
夜深闻旧歌/108
望海潮/108

刘如姬诗词编年集

我的创作道路/111

2005 年

有忆/115
乡居即事/115

2006 年

夏夜（今韵）/116
自寿兼自遣/116
永夜/116
采莲歌/117
蝶恋花·初见（今韵）/117
浣溪纱·夏之物语/118
南乡子/119

2007年

两岸东风入柳青（辘轳体）/120
南乡子·夜归/122
浣溪纱·江南春（选三）/122
定风波·网事/123
无题/123
秋暝/123
减字木兰花/124
夜（新韵）/124
蝶恋花·往事/125
无题/125

2008年

望海潮·有怀/126

2009年

沁园春·问/126
登山/127
乡村夏夜/128
西江月·夏/128
乡居/129
秋登北陵/129
虞美人·乙丑年秋深有作/130

2010年

金缕曲·次陈其年“把酒狂歌起”韵/130
庚寅年春节回乡/131
次韵黄仲则绮怀（选一）/132
临江仙·印象，次春辉兄韵（选三）/132
清平乐·夏夜/133
清平乐·山楂树之恋/133
山居冬日/134

2011年

是夜有感/134
母亲节有感/134
临江仙·豆豆狂想曲/135
念奴娇·用春辉兄韵/135
七歌——辛亥百年祭/135
踏莎行·夏/136

辛卯中秋前夕赴湖头参加同学会有作/137

2012 年

春日偶成/137
咏大海/138
登冠豸山/138
喝火令·洪泽湖之夜/138
酒歌/139
壬辰初冬闻贵阳毕节垃圾箱闷死五儿童/139

2013 年

灯下看老照片/140
踏莎行·乌镇印象/140
清平乐二首，用独孤食肉兽兄韵/140
归人/141
天仙子·簪花百花村/141
汀江二首/141
一萼红·登临江楼，次白石韵/142
风入松·初秋新雨，用独孤食肉兽兄韵/142
感事/142
菩萨蛮·题埭美/143
蝶恋花·春游龟山/143
减字木兰花·深秋有雨/143

2014 年

踏莎行·山行/144
西江月·六月/144
临江仙·雨后/144
渔家傲·暑假后，豆豆升初中了，比我高了/145

2015 年

菩萨蛮·孝庄园外/145

2016 年

减字木兰花·题钟振振教授摄影作品《新疆伊犁喀拉峻草原》/146

浣溪沙·五店市/146
秋谒广州光孝寺/147

2017年

桃花/147
山景/147
于欢案有感/148
闻雄安新区甫成立炒房客纷至有作/148

2019年

减字木兰花·吉山一游/148
西江月·小二宝之歌（今韵）/149

夏婉墨诗词编年集

我的创作道路/153

2010—2014年

晶窗/155
雪人/155
寄我江南春色一钵雪/155
自道/155
观星/156
春晓/156
闲坐/156
玉楼春·凝望/156
木兰花令·昔春过故居/157
减字木兰花·接雨/157

2015年

分猕猴桃/157
采杏/158
巫山/158
退休以后/158
与未谋面/158
即景/159
如梦令/159
西江月/159
清平乐/160
卜算子·觉来/160
青玉案·岁末/160
江城子/160
喝火令/161

2016 年

珠露/161
故人/161
落花游二首/162
中秋/162
霁月/162
如梦令·晓看白玉兰/162
三字令·My Baby Shot Me Down/163
清平乐·我/163
皂罗特髻·红色风信子/163
天仙子/164
侍香金童/164
金缕曲·下山/164
高阳台·芙蓉石手串/164

2017 年

有鹿/165
林下/165
碗陆记/166
夜读/166
雨夜二首（选一）/166
忆少年·饮九窖针王/167
天仙子/167
前调/167
忆江南/167
卜算子·见山荷叶耳环作/167
柳梢青·圆月/168
小重山·列车上/168
临江仙·以旧句“吾骨未清圆”成词/168
蝶恋花·家常黄鳝/168
水龙吟·鲸落/169

2018 年

皂罗特髻·暗香/169
柳梢青/170
踏歌·烫猪血/170
醉红妆·立春/170
花碎/171
上元/171
见海棠苞作/171
菩萨蛮/171
春晴/172
见春末有白玉兰忽开作/172
白睡莲发/172
清平乐/172
鹊桥仙/173
东坡引·立冬/173
忆旧游/173
落花诗/174
霜天晓角·大雪/174
呦呦/174

归田乐引·闻香/175
慢卷绸/175

2019年

十五望月/175
废话/176
头痛/176
见雨/177
石鱼/177
青弦自千岛湖入新安江/177
十九午睡半醒以清唱辅车轨白噪音续眠有记/177
览月/178
与十九散步/178
夜坐/178
夏首/178
十六夜/179
远航/179
拾海螺/179
清平乐·题青弦摄朝阳洞落花幽径/180
前调·米粉馆中/180
木兰花令/180
皂罗特髻/180
天仙子·听雨/181
前调·见白梅作/181
云仙子/181
减兰·成都/181
河传/182
品令·薛十九你站住/182
蝶恋花·老汉儿钓鱼/182
蝶恋花/182
皂罗特髻/183
行香子·豹子花/183
喝火令·红烧肉/183
喝火令/184

天台诗词编年集

作者简介：

天台，本名陈立人，『60后』，生于广东，毕业于广州美术学院、澳大利亚新南威尔士大学美术学院，主业是美学、绘画和雕塑，能诗。

关于诗的自白

千禧年交替那段时间，我正在澳洲拿着奖学金写论文，闲。

大部分时间用来看台版古书，上网，那时候网络论坛还是萌芽阶段，风气挺好。在国外待久了人也比较憨傻，有过最长八个月左右完全没有机会说一句中文的经历，在网上和同胞敲汉字说的话，简直就是心化掉流出来的。

记不清是怎么正儿八经就写起旧体诗来了。

诗是一向喜欢的，英文版的《圣经》诗篇就非常优美，还尝试过背诵约翰·弥尔顿的《失乐园》，那是被辜鸿铭刺激的，当然，很快就服输停工。

维多利亚州有个 White Horse Hotel 是我喜欢去的地方，爵士音乐，啤酒雪茄，礼拜五三点开始，诗歌爱好者在那儿念自己写的东西，大多随性。我至今无法定义现代西诗是怎么样的，但大致知道它和中国诗的差异，比如，宏大叙事并不受待见，不拐弯抹角地比，也不趣味盎然地兴。和他们介绍过《梁祝·十八相送》，比啊比的，把他们急得眼珠子滚圆：直说啊！不行直接 kiss 啊！……回国后居然看到了杨采妮、吴奇隆那个梁祝，还真这样了，笑。

中国的新诗弊在耽于警句写作，语不惊人死不休，这是传统的痕迹，白话文写来，却难免一股做作气味。

但新诗比之旧体，白赚的一个便宜是它再不堪毕竟还属于文学——文学的特征：①主观与客观外部世界的关系；②个性的叙说方式；③独特的心灵空间营造。而诗词已经脱离了文学，被归入文化，也就是逻辑自洽的、已经被定义的、固定的、可复制之事物。

我的选择，必然不会是后者，“学其上，仅得其中；学其中，斯为下矣”的这种文化萎缩路子我也很不赞同。所以也决定了我所写的，不可能是中正平和的、哀而不伤怨而不怒的，也不可能是正宗的，如诗庄词媚那一套。说白了，我没有审美洁癖，对旧体诗词这一文化遗产的传承并无执念，兴灭继绝的事情，大可别人去做。也因此，对诗词圈子里有关诗体裁，如格律宽严、声韵改革这些争论，都不是我的兴趣点。

现代的审美学是我的专业，从它的观察角度能比较轻易解决历来许多争论不休的问题，比如，中国画传统的笔墨体系如何在当代生存，就是一个相当不错的参照系，是 fine art，还是 folk art？而诗词创作，是文学，还是文化？这个问题未搞清楚，恐怕永远是鸡同鸭讲，而在有效的诗词创作批评体系建立之前，当代诗词进入文学史就是一个伪问题。

那么，我为什么非要选择诗词这一体裁？

原因是诗词语言所产出的文字质感令我着迷，它当然不是白话文，也不完全是文言文，每个字的色泽，很像色彩分离画法中那许许多多打开的颜料罐排成的方阵……而当代艺术，并不是非要用上 VR 那些前沿科技，大部分艺术家还是用着古老的介质。至于诗词的文学——文化之路是否可逆，可知是非常难，但也值得试。

成果如何？绝非一无是处，其实无足挂齿。“字纸堪存真未有，江湖可去已无多”，其实我写过的、自己能背得下来的还不如我的诗友们多。

但我是那种再烂的片子看了开头，非熬到 End 跳出来不可的人。

至于诗词的技术难度其实没那么吓人，我记得写到第二首就合律了，也一直没有人在技术上批评过我什么。

作为一个觉醒了的中国人，汉语汉字，如果使用起来还像旧时那样战战兢兢、委委屈屈、拐弯抹角、左顾右盼，那么对它又有多少敬意呢？

就这样事儿事儿地写了二十年，俱往俱未往。

很多年前在一个网站注册的时候，随手写过这样的备注：活在二十一世纪，走在地平线上。

没想到这两句话已经概况了我践行的状态。前一句好理解，第二句则充满了澳洲土著精神：古人、名人、伟人、常人，一概平视；无疆界，无上限，无底线，步履坚定地漫游。

2000 年

秋江别吟

十年无计卸行装，古渡今时又断肠。
千岭幻龙翻夜雨，一灯如豆入寒江。
诗书散漫新朋少，家国飘零旧话长。
且将头巾遮两鬓，离人梦里尽霏霜。

2001 年

谒金门·行天

蠕虫白。缓缓穿行星壑。溯至鲭鱼沙上迹。诸神言隐约。

遂炁壳衣冷薄。大地瘢痕新凿。灯火五洋沦此夕。足音来橐橐。

2003 年

土著歌

南方有古陆，云水青湛湛。
与世共日月，与世异古今。
和平无灾愆，独得天眷深。
驯善上古兽，九色上古禽。
原上居我族，古貌合古心。
矛戈作渔狩，相助不相侵。
巨石出青穹，浑然红胜血。
悠悠千万年，神明凛不灭。
托我忽焉梦，授我生存诀。
神意或可图，人言不可说。
白垩点连珠，赭石划车辙。
盘盘复廛廛，生生奇不绝。
刳彼千年木，放彼万年河。
咒音吹海角，豚鱼逼浪波。
灵鼠窥篝火，弯月蹑飞梭。
催我鼓与号，载我舞与歌。
妍媸我自见，摇曳束卉萝。
枯荣同草木，取撷何必多！
凯风鼓洪波，有客来乐土。
炯炯碧眼瞳，瞻我营火舞。

我无疑人心，人心如狼虎。
霹雳霰弹枪，屠我若兔鼠。
何处不列颠？胡强作我主？
夜雨夹悲风，引领深山去。
居居复徙徙，尘烟起华城。
替谁宣天道，驱逼入文明？
谓我无所处，拘我土著营。
谓我不能养，夺我怀内婴。
窃地二百载，驯者尽牺牲。
请迳说天演，曷由论公平。
念我昔日园，忧思不可抑。
昔日魂何归？今日身何匿？
神灵久无音，果有真乐国？
瀚海百千寻，去路焉能测。
飞星过穹庐，哀我无羽翼。
萧萧大野风，潸兮一太息。

2004 年

感　　时

忧乐心难了，穷通事已轻。
几多痴骨腐，无尽大江横。
蒿里花开色，云边月落声。
尘烟吹满路，灯火看千城。

失六朝人迹，雪声满邓林。
春遥止一步，骨重值千金。
长幕垂天永，残杯共夜沉。
虎丘池正沸，谁与濯蛟镡？

深春夜行

燃犀一照竟通冥，彩辇金衣走魅灵。
攀槛曾吁天抖擞，登台又见雨飘零。
雷池虎步今方趱，阳世鸡声久未听。
月下谁人持剑立，狂涛撼地起龙腥。

菩萨蛮

梵铃一路摇红翠，开元枕席无痕记。天谵合潮听，有人沙上行。

优昙神欲驻，童子簪之去。吾袂尚余香，风吹过石梁。

2005年

无　　题

浑浑每认碧成朱，大道青天酒未苏。
炼石千年冥想国，抽丝一笔漫游图[1]。
今生得见花开几？后世能知我在无。

泽畔诸贤笑不语，灵歌隐约过平芜。

【注】

①句出保罗·克利："以一根线条作漫步。"

流民行（选一）

故土三千里，迷天黄尘里。
我本击壤人，一命竟如纸。
一纸看灰白，不记断肠是。
唯写一平安，寄家亦寄己。
大地裂有声，折我九世耜。
大地不养人，群鼠硕若兕。
南北复西东，哀我几流徙。
大城悬白日，人皆镬中蚁。
有彼角昂昂，守穴黑目蚁。
有我足踽踽，失路黄丝蚁。
异味与异音，灼面多俯视。
我来如盗娼，我来如仆婢。
高榜五百条，不列稼穑技。
唯有力可沽，庶能活妻子。
倦无梦还家，裹骨一薄被。
苍天开几缝，楼角风若矢。
八面动弦歌，隐有警车驶。
八面射珠光，躩如不敢止。
通天路如麻，红灯烁不已。
我影如透明，穿行大城市。

2006年

访　禅

塔影湮沉石径通，星萤纷碎扑双瞳。
山灵吃起流泉后，月亮痕循败叶中。
孤阁虚留千佛默，前身有待一灯红。
巍巍槛外人凝立，青气交鸣下曙空。

2007年

雄鸡，纪念廖冰兄

若黑铁之屋，有梦魇之咒。

蓦一鸡声，振决金玉。渐千鸡声，次第起伏。

发荒江，下平陆。穿城郭，入壑谷。

嘹亮痛与欢，领三界骇瞩。冲荡星与霓，引六龙隆隆之辐。

峨冠，锦服。受命知时，莫怠莫渎。其鸣也，亦歌亦哭。翰音赞何高，五德名太馥。非凤非鹏，篱间啄菽。

冥国之枭，厌声来戳。大翼掠千家，撕裂颈与腹。毛血扬扬落平芜，红萼张放竖万镞。凡禽怒也，炯炯之目。

栖以珠笼，饲以甘毒。使类其牝，蓬松孵褥。使博万金，场中相扑。余者去势，静养其肉。

六千二百回兮风轮旋，天旷地辽啼断续。

西方辘辘，南方碌碌。北方穆穆，东方郁郁。中州之夜，有人秉烛。

2009 年

残　　章

曙光布釉纹，指端凉流泄。诸神相揖去，翕翕掀缄扎。薄月悬轩棂，守望夜之楟。棂底画架立，冷若猛犸骨。画布积姹嫣，交叠铁行辙。二十年茫茫，刀笔勉刮抹。二十年已已，曦微认腥褐。坚木托银盘，葡萄噙碧血。光若菩提泪，灵气渐萎竭。蓝雾弥空街，长歌恍似昨。曙云悬静水，青鸟亡前诺。雏儿啄晨光，叽啾忙粒屑。叽啾至当年，韶华一纸薄。晨光之利剪，裁此大城廓。

屈膝于天阶，巍巍书一束。只今是何世？古今同一哭。明台遥万丈，白日如沸粥。伏阙皆少年，辞母求一戮。陷天于无仁，陷国于永辱。陷尊者无眠，陷斯民铁屋。秽烂万螳躯，轧轧六龙辐。盛筵春方茶，萝蔓肆交覆。社鼓扑远村，谁家粱半熟？轮回事堪疑，连天见苜蓿。秩秩迭白衣，河渎与山麓。长柄旋永夜，蹊上摇一烛。

顽主无可悔，苍天终不忏。七千三百谶，先知能何验？祥云压军州，九门悬一剑。往圣共今贤，垂拱瞻或瞰。高杆滴湿红，忘川花潋滟。童声若天鸡，金雨迷天堑。鸡声百年碑，无字可纪念。渐远履带音，渐远红场焰。大路相眄欢，新装明可鉴。顽主终不悔，名器各坛坫。逝水去洋洋，苍天无可忏。万箸击铜声，祭肉方一啖。阶下陈碎片，女神笑不敛。万物夜窸窣，深春气正酽。

弦柱久摩挲，前事如何说。画眼耳于壁，木石惮与说。智叟满座中，顽心赧一说。少年今胜昔，荒唐何堪说。吉日锣千村，魔魅未宜说。人于宠与辱，因果徒劳说。年来渐畏老，对一己解说。

佚　　题

秽气敛张花扑枕，条纹明灭虎窥窗。
露光林莽幽眸子，月色瘢痕旧脸庞。
裸体横陈于墓地，君王放逐了城邦。
五洋蝴蝶交欢急，贯甲泥人正渡江。

妖姬——悼梅艳芳

翩跹白雪与阳春，舞上高台第几轮？
幻镜千重翻彩翼，冰光一束落红唇。
好风吹泪情何在？幽梦如花貌不真。
满目烟波流缓缓，回头已是百年身。

2010 年

星　夜

上古有今夜，星光满平原。
天上人默立，恒沙起啼猿。
猿啼倏入冥，恒沙一划痕。
空躯响步足，遥夜引篪埙。
林梢烁萤火，漂泊不死魂。
大地散册页，千年未吹掀。
蠕蠕地平线，蚁族正夜奔。
穆穆海平线，黑铁锁长鲲。
星尘渐四合，仰首忽忘言。
拍手我尚在，肢躯似常温。
此夜我在此，万象共暂存。
万象穿指掌，记忆漫抚扪。
惘怅示何爱，惘怅感何恩。
迷墙九千折，步迹入茵溷。
修蛇蹑萝蔓，倏没神秘园。
谁掬一菁果，踯躅无人阍。
腐香吹高堞，无名花正繁。

潮州行

夕烟弥田垄，农妇拾废铜。画布渍锈色，掠去薄如风。千村伏败砾，静穆槛与栊。幽井凝黑墨，摄住客颜容。巨蝼徐旋舞，犬牙噬远穹。神像露肢足，悸颤油辙中。英歌巡影绰，桩机应轰隆。魂魄各簪草，衢上灯正红。甘霖三十度，天下甫为公。一剪红怒放，高台握共荣。族人默相顾，灰色噙睑瞳。再无事可辱，再无理可宗。此土非吾有，鬻之最善终。昏黄地平线，橐橐来瞽翁。星光地平线，戚戚去迷童。香火萦隧墓，隧墓已缄封。

青苹果物语

青柰涩涩，风露沁滴。五七偎依，布于素帛。佝偻少年，沙沙，素描一幅。泄泄韶晖穿长帷，象牙光柔凝凉碧。长帷直。

青柰布三角，所语人不识。咭咭唧唧。说野风彩蝶，花簇满陌。说青鸟年年，天使拍翼。说树下哲人，峨冠侧。

青柰茕茕，素描满壁。牙痕，汁浆，帛上瘢迹。蓑笠，箱匣，捆扎书籍。长帷扑扑，蓝蚂蚁一列，穿越光隙。

秋之返照，尘旋，蛛织。枯褐皮囊，抱朽败之核。棂栊兀，原野光汩汩。有人歌，采摭，采摭。青柰涩涩，柔荑白皙。

2011年

海行，调寄戚氏

水汤汤。山屿兮出没南方。耿耿司南。秩秩河汉。露冰凉。催航。夜滃泱。鱼龙蹑影生寒芒。青灯一盏摇曳。曳入般若海之疆。蜃气千重。鸥鸣悲绝。荡来绕此灵樯。蓦洪涛耸立。云幕之隙。射落欃枪。

歌缓。过者痴狂。若丝若缕。千年说忧伤。行人迹。滩涂潮老。腐骨苍苍。佳儿郎。弃于永远梦乡。悲彼美丽皮囊。自由谵语。溃塔成丘。世上传颂唐璜。

猎猎深风里。双眸痛彻。渍裂衣裳。谁是天堂逐客。已迷途。立密黑中央。依稀穆穆鲍车。彩陶剥脱。穿拂流光帐。浪拍沙。神殿都埋葬。诸圣骨。灰粉纷扬。剑与针。失陷瑚光。见文鳞兆万正奔忙。见穹庐大。兼天白浪。一楫低昂。

海城

廊影皴焦白，烈日胀咸腥。
魔榕攫廊柱，触手肆爬行。
霉墙幻千脸，巨目各瞠瞠。
瞽妇踞槛上，默拥沉睡婴。
空廊屐不返，狂欢翾群蝇。
海气若浆膜，封裹百岁城。

百岁城岌岌，社火灭复明。
百岁人在壁，衣袂荡有声。
红头船骨在，抚之倏颓倾。
一鸥去来急。巷陌觅魂灵。
魂灵化剪纸，光中列众氓。
额上各烙印，攥拳欲忿争。
卑微何所忿？永诀之尊荣。
流沙纷纷泻，城廓若羽轻。
流沙漾霓色，艨艟久不征。
流沙足纷乱，哓哓辨龙形。
流沙凝寒铁，兀立漂流瓶。

江村夜读

群峰似魅到几前，四海几人今未眠？
暗火吹膻龙一窟，微声透雨岸千年。
书中蝶渍飞天势，垄上圈迷过客船。
绝望穹庐黑如许，铮铮落瓣闪红鲜。

2013 年

辜鸿铭

蜃楼如壑响风雷，四海无人共倚桅。
帝阙余光燃琥珀，蜗兵有角困熠灰。

吓蛮枯舌终成谑，过市长辫或可追。
嗟叹金莲香不散，俊才今自弄茶杯。

头陀岭行草

弹琴石冷梦蹉跎，宝辇金衣眼底过。
一啸惊云摇暝壑，群鸦负日下沧波。
天边钟鼓余哀在，亭畔渔樵白发多。
深草石人冠带湿，六朝风月耐销磨。

听　涛

一线沉沉混沌开，潮风太息过荒台。
天深海诡星纷下，浪细沙凉蟹蹑来。
恍惚舷光沾雾鬓，分明鸥语绕云桅。
大洋诸岸花声急，今夜白鱼梦不回。

2015 年

暗室集（选十八）

一　The Weald

形骸溃纷纷，十字凌虚立。
大夜起腥风，隐有战龙泣。

蓦地三界白，窥见洪荒歙。
林莽巨灵伺，蝠影互绞集。
山语如噏吃，地火流熠熠。
数人持矛戈，默看篝烟湿。

二　Out of Eden

活我上帝，成我撒旦。
形焉魂焉，各功其半。
恒相峙焉，皆期我赞。
沃沃乐园，有果璨璨。
食之如饴，原罪遂判。
逐入棘丛，冥河之干。
上心恻焉，聆我啼唤。
上心怫焉，责我迷乱。
见我耽思，亦笑亦叹。
我思如疽，所在如栈。
天门永锁，六合垂幔。
原上茵茵，落花粲粲。

三　Manhood

平野横万古，深天一声猿。
霜风过崖海，拂荡招魂幡。
为父所厌弃，恸哭在荒原。
为父所溺宠，质弱焉可存？
棘丛去无际，毒瘴迷天阍。
荧荧瞳四合，腥气发微温。
死亡咆哮渐，何臂可攀援？
战栗不能举，冥冥有人言：

天地皆尔敌，造物固寡恩。
已无神足信，亦无理堪论。
善也为仆婢，恶或可成尊。
一智御万类，三界可鲸吞。
此亦自存道，谆谆到儿孙。
訇然开巨洞，壑谷杀气翻。
相扶而奋起，呼叱向虎豚。
誓师火光里，颊额认符痕。
山巅引长号，同望伊甸园。

四　An Execution & Celebration

煌煌正午，煌煌大都。奉神圣名义，歼放荡之女巫。引长号嘹亮，垒薪于通衢。贵族端立，人民欢呼。然，然也，异类当诛。跣纤足兮，俯伏于泥涂。解长发兮，掩颈肩雪肤。裎其身兮，褫罪裙秽污。呜呼，嗟乎。以铁木之尖，深入其丰腴，洞穿其身躯。铁腥凛冽，滚落妩媚头颅。法器锵锒，烈焰痉挛，石似群鸟。贵族端立，人民欢呼。

五　The Conquerors

日冕散乱，尖桩流血。贯瞠目之异教徒，天深赭兮红海裂。精灵覆地攫肠脏，厉叫如雷奋争夺。蜃气摇曳金泉关，十字旌下轮轧轧。父神！赐我以战争，讨外邦之悖劣！彼酋之专倍，可杀、可札、可灭。焚其殿，夺其妻、役其民、黥其面、截其舌。迦南草深羊丰腴，天眷兮，人悦。圣坛有羔白胜雪，民虔兮，天悦。

六　Going Back to The Womb

勃勃向天耸，巨门若女阴。

天丁吹长号，圣女抚竖琴。
光弥永生道，潺缓起歌吟。
众灵如精子，趋趱越古今。
长衣白胜雪，纷纷沐甘霖。
天国大无界，庭园耀黄金。
匍匐向圣座，无辞白儿忱。
今儿千创魄，极乐得再妊。
永眠胞衣里，合目聆圣音。
为爱所深裹，忧怖不复侵。
此境曾有忆，复得于溯寻。
一切全交托，不烦诵铭箴。

七　Overlooking From The Cloudland

北冥之云来兮，浩浩茫茫，壅壅秩秩。寒若雪，净若雪，雪原静穆。列匍匐之万羊兮，萦无形巨足。若絮，若缕，若羽，绞缠奔逐。此无垢之国，聚亘古不泯之灵魂，永生恩宠，灿烂荣光，神之所擢。云去兮，云复。此境界，非我所梦见，异前人所述录。牵袂者谁？往贤亡亲，依稀面目。倏忽而去远兮，遗我冷光一握。云去来兮我何在？云去来兮迷海陆。云隙下，灰色城市，微生浮游，暗流混浊。有十字闪亮，若胸针，遗落在山麓。

九　The Curtain Of Night

天门沉沉隔铁幕，幕外呼唤，是我苏来，若婴啼之音。
赭红长戈挑大幕，幕后星光，宇宙茫茫，有碎裂之音。
社火摇曳幻一幕，幕前车杖，人形出没，奏瑶池之音。
蛛网千重如垂幕，幕下垝垣，灵魂深鼾，拍潮汐之音。

十　What I Am

昔上智者，曰思而在。
中心颓然，我何曾在。
浩渺银河，桨声若在。
花落飒飒，山深谁在？
菊边忘言，饮者名在。
尘深百丈，往来谁在？
侪辈碌碌，喜而自在。
妻唤儿啼，应声而在。
沸然一鼎，群羊同在。
兴亡见证，赫然我在。
触冰接炙，痛而觉在。
扪心而哀，合理存在。

十一　Floating Down The Styx

不记所来，茫然至此。
去也茫然，四面大水。
水若永夜，朔气入髓。
斗柄颤颤，盘上斜指。
持槊独立，战栗不已。
持槊之人，能不畏死？
自由之人，济者能几？
未济之舟，若浮一纸。
冥河无声，磷光涌起。

十二　Who Sowed The Seeds

南风沛沛，生命纷扬。或布于阡陌，或散落山冈。山冈寂静，造物遗忘。南风习习，有语绵长。说僻远之盛放，进缱绻之微芳。微芳僻远，井上辘辘，人间插秧。出没燕雀，窥古老仓房。机栝缓缓，散播秕糠。岁岁阡陌，岁岁山冈。南风依旧，生命如常。各自丰盛，共一太阳。

十三　In The Hypogeum

暗室如渊吾独在，衾床触处满尘埃。
灵魂默倚梯边立，气息微吹睫上来。
冻壁梦痕犹悸动，流沙凿迹正淹埋。
襟前倏有花香过，逐入光栅不复回。

十四　The Cloning Lab

白光走橐橐，人形如薄纸。
围立长衣者，目色如利匕。
绯红一胚胎，深眠于羊水。
未详来自某，未详签号几。
泛白拳屈肢，模糊见眼耳。
突突一悸动，似怖亦似喜。
嬉声起半空，魔童或天使？
五色基因塔，幕中烁不已。
幕中有符咒，伊甸信可抵。
皮囊若亵衣，衰而随手褫。
永生托神工，魂魄不可毁。
永生隔晶墙，冰寒沁掌指。
围立长衣者，形貌皆酷似。
光中一回首，我坐角落里。

十五　Take Up An Attitude As A Thinker

九问之余，终成太息。

天也敛颐，人也无惑。
生者渺渺，死者寂寂。
渺渺之期，且寐且食。
百岁之弋，永年之的。
河无二涉，亲爱无忆。
遑言冥国，遑言天国。
橐橐瓦缶，苍苍蝶翼。
道上嵯峨，终为瓦砾。
摩挲之美，终归迢遥。
六贼纷来，焉非奇迹？
支颐态势，苟证所适。

十六　A Tale of The Frogs

蛙之噪也，云雷有芒。
白雨腾烟，水溢横塘。
蛙之怒也，战于八荒。
鼓起泽国，战士盘肠。
残躯犹跃，暗夜有光。
蛙之丧也，丧在庖房。
刀砧隐匿，鼎底暗黄。
温汤温汤，百骸舒张。
人形动物，浴于温汤。

十九　The Mirror

对坐两不语，遥隔光年外。
疏离一如昨，相识四十载。
形神久皴染，依稀似父辈。
额角振铜光，准傲若险隘。

项肩直角立，头颅昂不退。
此相最凌人，世悭一青睐。
有声来复去，瞳睛明与晦。
夜海过千帆，渐次入沆瀣。
倏迸铁石光，洞见春烂秽。
草深累骷髅，死前曾痴爱。
遗一青铜脸，合与谁佩戴？
铜脸来叩访，深更席相对。
褴褛二囚衣，合目正忏悔。
铮然落一发，夜色忽颓溃。

二十　The Blessed Event

曙色困于笼，大地满秽红。潮水悲泣到苍穹，幼兽咆哮于子宫。雷车轰隆，天使雯瞳。银瓶乍破走腥龙，神魔缠战出泥壅。铿锵芒角烁青铜，汩汩胞浆血一蓬。狰狞陌生容，凝结险与凶。世界怔忡，世界冰封。蓦地地底一声洪，两界涌流一贯通。开裂暗夜之倥侗，雕就晨光之玲珑。汲天虹，万花丛。希望之手攫向空，空中乍放白芙蓉。芙蓉摇曳九色风，风催热泪满面庞。急向青冥鞭白骢，歧道乍与前身逢。

二十二　Serenade

桂荫若罟，尘布千门风一缕。月亮摩挲，褐色年轮似有痂。

群猫疾走，明灭毫芒穿败牖。芜上来声，郁郁青光接大城。

2016年

大墙

天际有光，蛾蚁奔掠。夜如茫洋，夜如深壑。大墙逶迤，足音橐橐。

天际之光，泅入大墙。文字如鲫，次第巡航。点划钩捺，霉绿黯黄。天道覆变，忝足一行。

天际无光，泥尘悉索。十指殷红，一烛闪烁。漉漉峥嵘，千脸矍矍。有人沉思，蜷身托颚。汹涌细胞，默结绳络。似缎时光，孔洞滑落。

烛泪渐竭，夜路缦长。弦歌欲息，犬起四方。婴儿之呓，响荡梦乡。慈母低唱，岁岁采桑。繁花陌上，浪漫红场。燕山鸣沙，吹到海疆。

盘盘困困，永夜如幕。大墙有隙，夭者所凿。指纹闪磷，冰冽火灼。砖石悸栗，毵毵腱突。大墙之灵，低咆欲跃。

震坎离兑，兀立大墙。怒叫奔突，墙在前方。零散化石，耿耿迷羊。记忆如蛆，永囚黑箱。

魔镜崩兮，链轮格格。一蚊临颧，吟声微弱。

露气茫茫，晨星中央。默坐一床，泊于大荒。

故地

倦来云下认春檐，古炮洋钟摆渡船。

带雨风掀城一角，卖花声远巷千年。
蛛窗幻戏明眸过，蛮龠招灵铁马[1]旋。
似罟光阴榕不死，遗民都在拆迁前。

【注】

①铁马：风铃。

2018 年

废土（选四）

怵看伊甸已荒凉，万辙盘盘接浩茫。
生死狸奴归密柙，天人骰子响空廊。
平行世界三维目，坍缩波函一线光。
我与我皆睽阒客，乱流如绞各迷场。

四顾茫然我是谁，何从何去亦无知。
经传法理全当废，天演图文渐可疑。
尽托诸贤劳夙夜，长潜一茧待来时。
中宵有客新穿越，抖落星霜满鬓髭。

赤地银天炙九垓，但疑人类未曾来。
仁之万绪惟王霸，死也无暇可自哀。
凛冽长诗颂蛮触，斑斓废土掩瀛台。
晦明一辑兴亡像，折叠重重任剪裁。

凡类初参造物功，万层巴别近青穹。

新苏赝裔眸含电，冷看人王蟋亦虫。
制仆制神悬念里，非生非灭硬盘中。
惟闻堕落先知哭，历史随机一叩空。

2019 年

戊戌游黟山有记

逆光攀长索，一飞入万山。
怒木列雄兵，秩秩簇天关。
乱云争鸟道，似有天人还。
别去亿万岁，凭空认遗蜕。
日月共凌迟，风雨勉淬砺。
腐香覆蔓萝，禁咒久沉瘗。
秽美相交孳，神凡频尤殢。
惟存侵天骨，崚嶒复尖锐。
深壑若腔肠，荡响秋之呓。
策杖蠕行者，矜诩龙之裔。
龙究何灵类？忆记忽一空。
不语渐江水，蒸蒸起血红。
踟躇巨足印，隐没海之东。
松涛兼天涌，明霞照乱峰。

燕台诗词编年集

作者简介：

燕台，北京人，2000年上网，后游于各网络诗词论坛，得诸网友教益甚多，倏忽已近二十载。

我的诗词创作谈

今日诗词之演进，仍在变局之中。此是常态，亦是正态，正须各呈面貌。各呈面貌，并非止于形式，更须不同之立场。为诗最难除习气，古人之习气，今人之习气，甚至自己之习气。或为文人诗，或为学人诗，我为普通人，即为普通人之诗。

2007年

满江红

一月十一日夜，小雪，会殊同南华雪浪披云饮于大屯钱柜，天明各散。余与南华别于建国门地铁，时雪势渐紧，又南华将之香江，有寄。

人海分踪，都携去、霏霏白雪。浑不认，楼船市港，猿巢沙窟。落拓双肩能荷负，枯萧万木成奇崛。又飞来，冻雀蹑重阶，翻霜屑。

春已迫，寒犹结。行将远，心尚热。记依依杨柳，长安攀折。肃杀虽然垂北极，相思或许生南国。待归来，也有满城花，殷勤发。

二月二日

二月二日还乡邑，皑皑春雪积万家。垄头新枝犹未发，天云叠叠吹枯沙。春暖是吾家，堂中数株花。花前兀坐白发人，荡子归兮何咨嗟。

2008 年

招　　魂

黯然销魂者，惟别而已矣。生或有时见，死则余梦寐。梦兮不可知，梦兮不可恃。辛勤秉烛火，长夜殊可畏。烛火有微温，其温若垂泪。浊酒能排解，涩冽终有味。余意不求醒，余意未求醉。苦守永夜深，魂兮或招对。历历音与容，欲呼反相背。切切法与肤，触及竟破碎。恍惚旧衣裳，五色漫污秽。狼藉鞋与袜，无声空失坠。别是最销魂，万世亦魑魅。攘攘耳际来，中心冷犹沸。挥手别长霄，星月俱相废。天地本不仁，钟情在我辈。魂兮魂兮能归来，故居以外无足贵。

三水案上有绿萝一株， 长青无花

蔓叶流光耳鬓磨，倚君青案赠君歌。
纵然命里无开谢，怜汝怜花一样多。

夜过哈德门外

铩月吞星角乱撑，枝栖万窟偶翻睛。
周围冷峻偏沉默，格局恢张竟失衡。
弹指器喧藏野战，椎胸荒诞裂秋生。
谁如海上探骊者，却看鲛珠泪满城。

城　　市

城市之螯怒向天，光阴碎片夹楼巅。
寄居血肉潮澎湃，蠹蚀机关刃倒悬。
所在拼图标序列，随时掷骨赌轮盘。
眼看电转须毛悚，饱食无肠亦惕然。

满江红·初雪，城中几无，虽不尽兴，粗制一词并呈西门吹牛兄

对酒当歌，已难得，茫茫飞雪。聊共此，似梦如幻，即生旋灭。真忘逍遥垂羽翼，胡思寂寞琢霜铁。看飘摇，若有劲风吹，无余孽。

神和影，身上却。天与地，杯中蹑。算零星负了，美人眉睫。沉醉由衷生意气，清凉于外活心血。欲何期，只说兆丰年，迎佳节。

2009 年

城　　砖

己丑初，故城墙毁弃，砖石尽散。旧宅得之以葺西厨，后新居几治，城砖多覆地基，惟余二石，闲置庭中。

城砖，城砖，嶙峋曾筑汉家关。请抚秦时明月，梦入虎踞

龙蟠。沙石纵横别鸟兽，青丝白首抵尘烟。冠盖嚣嚣天下集，蓬蒿离离蚁牛穿。女墙夜深空延伫，黄钟瓦缶俱雷鼾。尽有勒铭逼青史，倏而碧血生霉斑。兴亡岂论附形胜，惟其不老对西山。尔何言哉，四时行焉，尔何言哉，尔寿非青天。一朝城坏，尸骸崩湍。池鱼及祸濡以沫，无生流落奚悲欢。移来畿辅修炊壁，浴罢烽火浸油盐。冀余神州佳气在，欣招燕子巢屋檐。吾庐几翻葺，区区五十年。众石累累覆下土，顽劣难朽催长眠。尔石何辜亦何幸，双双墙根逢弃捐。偶为掂脚偶为坐，忽意荒诞不经间。欲叩二石通消息，城砖，城砖，孰为身命孰平安。尔石嵚崎自不答，攻玉未如攻心田。如切如嵯如琢磨，垒块不平根骨全。

悬　钟

悬钟大厦市鸣枪，彗尾残余月带创。
积魄如尘花垂败，聚人以海梦成殇。
天心拭镜须风雨，血渍沉杯待夕阳。
砥砺生平飞碎片，一双冷眼错其芒。

烛　火

盘城车骑滚旋涡，倒陷天空沙粒磨。
万牖窥斑星跳动，双眸出鞘夜搜罗。
浮游形象迷棋谱，扑朔灵魂娱圣歌。
失重祈场忽若见，脸庞烛火泪滂沱。

安全帽

安全帽，色明黄，工人车过抛路旁。手执手，化走廊，可怜背后即红墙。人潮涌，呐喊声，纷纷标语字字惊。车驰骤，闪红灯，嘶嘶欲漫血味腥。少年人，五内热，将身亦护长街侧。问姓名，双手握，何处家乡何处学。安全帽，扣额前，当时赠我俱开颜。昨日事，箭在弦，岂知多少不能言。立如雕，夕阳下，红旗烂漫还似画。将欲归，情牵挂，只道珍重无别话。安全帽，色明黄，岁月灼灼无颜色，安全帽已不复得。

再看94红磡摇滚夜祭魔岩三杰

谁搴大幕帷，冰凉星火微。谁嗫嚅语句，一袭著黑衣。谁屏蔽记忆，面孔披光辉。谁捉梦羽毛，翩翩泡沫吹。嘘，笛子，窦唯，窦唯。悠扬，寂寞，飞。色彩还膨胀，影子渐滑稽。高傲而飘荡，零散亦谦卑。节奏听崩溃，声音唱支离。世界凝水滴，坠入虚空危。深谢相辞去，大隧若皈依。笛子，窦唯，窦唯，尔何归。黄昏逐拂晓，纠缠间白灰。现实与梦想，平行永不垂。斑斓若斑驳，喃喃一管窥。嘘，笛子，悠扬，寂寞，谁。

小提琴孤独，舞台也孤独。一把高脚椅，端坐唱孤独。舞台正中央，灯光绽花束。世界正中央，目光忽湿漉。行行出西北，西北还偏北。行行重行行，阳关旧大陆。风光纵刀斧，生长即屠戮。歌唱若名片，高尚且庸俗。欲作游牧民，四周多建筑。欲为救赎者，莫可任基督。行人与蚂蚁，匆匆笑或哭。灯光正旋转，画面忽收束。舞台正中央，自由还委曲。世界正中央，可耻却舒服。掌声时而响，目光时而逐。行行重行行，西北又偏北。行行重行行，西北长苜蓿。

麒麟日记里，画面愈凌厉。大风栖屋顶，石头尖角唳。光阴若扭曲，万象惟睥睨。单薄海魂衫，不寐寒则嚏。破门驱彷徨，六弦烈如骥。铿尔意气发，钢铁听垂涕。单薄吉他手，若为白夜祭。麒麟日记上，画面愈肮脏。烟云食七彩，钟鼓没群像。阳光早出生，天空爬巨嶂。单薄海魂衫，吉他举枪棒。红鲜喷薄出，拨动阳光烫。单薄吉他手，姑娘大声唱。大声唱，大声唱，仰面唾空狂且瘴。时光离离割众生，麒麟残破无模样。

满江红 · 雪城

寒梦弥天，若飞至，侏罗白垩。还拭眼，鱼龙得意，尘寰忽略。巨骨纵横分瘠寐，乱头攒动无哀乐。正愕然，日月似流星，填沟壑。

寻彗尾，无所获。过众翼，何能托。自茫茫飘殒，冰凉沙漠。触手洪荒倏幻化，漫身冷甲堪离落。又恍然，穿过雪中城，人交错。

2010 年

劫　灰

积雪鸿毛辨未能，劫灰无处问胡僧。
茅诛鹤死江湖远，血冷眸酸海市凝。

魂梦犹然罹哭笑，形骸早已付丘陵。
安得猛士敌长夜，只守樽前一盏灯。

海　　盗

一艘幽灵船，徜徉何有湾。
苍空羊皮展，折皱污深蓝。
骷髅磔磔笑，刀口磨云端。
放逐天末去，世界正酣眠。
众星如累卵，栗栗战飞寒。
悚然号角响，啼破海斑斓。
凭舷跨水手，蒙面抱其肘。
搜括藏宝图，目独如烈酒。
AK 四十七，火舌嘶嘶吼。
荡漾银河远，靡靡历腐朽。
击落十二宫，桅杆押北斗。
汗漫失颜色，终古若未有。
夜气腥如墨，月白冷如鱼。
归航趁潮汐，瘠岸寄良居。
码头灯火跳，蠕蠕附骨蛆。
欢歌杂轶曲，舞女曳裙裾。
殷勤朝大壑，魅影来须臾。
跌宕海平线，波涛尽废墟。

2011 年

为　　梦

老于人海老于城，岁月挥斤窍有声。
漫奏天街如沸鼎，逋弹春雪似熬兵。
万家舞榭摇摇坠，一线阳光翳翳醒。
泪满衣襟应为梦，浑忘何事太心惊。

茉　　莉

逐鹿难明竞爪牙，客侨争渡梦归家。
满城山雨吹腥味，倾国谁言茉莉花。

扶　　桑

碧海扶桑涨，屋车齑沫流。
重城烬春火，累骨梦方舟。
或笑人浮蚁，谁怜雪满头。
天南亦有苦，无可近悲愁。

二　　月

二月长安丽，集灵毋太奢。

旗红车压市，雪艳夜铺花。
达者能兼善，微生止恋家。
春风春雨候，无处竞繁华。

黄昏归昌平豆各庄见群鸟自东北觅食而返羽翼弥空

倦鸟夕阳飞，芸芸赴落晖。
青春忽半老，暮色已重围。
城市山峰暗，生平面目微。
翼鸣终又远，烟火俟人归。

见利比亚武装士兵闲暇蹴球照片

战士荷殳兮蹴球于野，四围荒仄兮兵车与马。三五嬉游兮童子如也，须臾赴死兮又其谁者。苍天嚣嚣兮落日欲泻，碧血汩汩兮厚土若炙。忽忽跳掷于苍黄之罅，无明月兮飞镝之夜。

城　　砖

前诗记庭中旧城砖两枚，今村居腾退，二石粗重，未定弃置。余姑母命女暂存于车后厢中。

老城人物春滔滔，雉堞分崩村坊消。日夜丁丁操板筑，广厦兀兀突万礁。于时虎踞山泽少，星痕雨点无蓬蒿。青石留命乘方驾，过都如窥昆仑标。看得新郭若新箨，连绵涌起天枝高。论富犹欺西池殿，阿阁纷纭凤梧娇。颇离射眼灯泼海，鱼梁匍匐蛇盘霄。生民似可足而居，燕雀奔波营其梢。昔曾补天天亦幻，残白裂翡泥风涛。仿佛铁树飘零后，瘿朽根枯被万刀。今已无材堪工斧，龙垣炊屋随烟飘。不能家国固其本，陋骸直可埋原郊。又谁知此家老小仍拾取，载之车盖泊喧嚣。

脚伤初愈有感

蹒跚初学步，三十六年前。
眼底春秋溯，家中骨肉全。
摇篮一梦远，顿足百花残。
抚痛稍延伫，非辞行路难。

呈白小

芸芸天地有斯人，滚滚尘埃浣一身。
净植芰荷枯听雨，酣游歌舞怒伤春。
偶然好色无伤德，大抵贪杯是任真。
藩径缘何触头角，世间正为牧天民。

与八胡敲爻

雄形诗意两栖居，舍我其谁梦不沮。
谋世立标行委曲，呕心无次血吹嘘。
一家存恤堪从众，万古穷通竟造车。
星籁摇窗沽酒去，江湖天地酹徐徐。

与南华

城身兀兀锉雄锋，天幕支离痛万龙。
喷薄灯芯呈血宴，奔流潮汐淌时钟。
楚歌荡涤愁非醉，燕市周旋玩不恭。
累得美人听棒喝，无情无色我为宗。

有梦二首

蓦然梦碎落潮声，难溯中心平不平。
如纵流年归大海，泥沙之下几分清。

梦回何必说沉醒，懒问时钟取晦明。
胸次拾荒少年事，恩仇犹足续平生。

杂　感

若负仗剑志，只无游侠骨。
徒具佛肠宽，何以笑万物。
亦知文字障，日久空咄咄。
方死又方生，闻之如讷讷。

夜凉侵我城，楼台山海叠。
纵横渠梁深，其途何所达。
群睫灯火烁，浮沉竞欲沸。
虫鱼聚波底，鳍尾苟求活。

振衣兀踟蹰，虚怀乃食餮。
当不乏酒肉，辛热醒唇舌。

即醉惊巨影，齿冷磨如铁。
空中血丝丝，似将及戮杀。

2012 年

城　　头

莽莽城头似渡头，月神天狗海中楼。
人群欲溯初生地，旅次偏安不系舟。
鳞雪翩翩灯下葬，年轮滚滚眼中流。
轩陵裡谷成遗迹，到此燃犀刻一游。

江边城外酒楼听董均吹笛

时非六朝，君非桓伊。一往今夕，情深可期。楼外嚣嚣趋有车，座中喧喧食有鱼。董君兀兀操青节，断续喑呜雏鲸嘘。九曜灯垂胜残月，玻璃荡盏光明灭。击箸将醉将成曲，浑沦难辨阳关阕。四宇淹沉夜色狂，城市歌杂语不详。却秉痴顽调律吕，不意青春去堂堂。更换一曲铁达尼，我心依旧凤初啼。盘旋欲上梧桐顶，忽忽气竭思鼓鼙。天涯相逢大不易，齐抚助君双掌力。顾盼尚止凌霄姿，榆枋何须鹏抟翼。戛然中止笑赧然，久未亲此碧琅玕。劝君莫以圆熟论，自有横吹海波澜。

二月一日

我须怀抱子须怜，我犹多病子犹寒，我心如泥子如莲。相逢竟于人喧阗，相逢且于城边缘，相逢何于某一天。我意沉醉子缠绵，我眼枯槁子留连，我形困顿子潸然。远别离兮行路难，远别离兮岁月捐，远别离兮莫相关。忽如春夜春灯燃，历历重袭燕市南，二月初一壬辰年。子犹春水尚涓涓，子犹秋水故涟涟，愧我涸流病未痊。

手　　机

苹果，小米，魅族，或倚或坐促读。指键频飞，凝神寓目，偶然悲喜旋眉逐。短信，书籍，画幅，闷来一曲听歌簇。特立人群竟不凡，手握矜矜如归属。铃声，断续，嗫嚅，不知与谁相接触。言语疾徐亦不清，更知泰半为托嘱。我亦聊赖且从俗，游戏其间三两局。屏中信手翻拣处，历历只见人名录。多不相会亦不语，此刻逡逡各南北。念之神茫眼烂烂，不唯手中光煜煜。若得人人途中执此听与读，或是只行亦不独，或不独矣多寿福。

火花——读安可任诗

海岸有花与潮婴，潮去花抛碎水晶。
天空一具青铜月，若唤海底众生灵。
其大如山非龙种，触手而化羽毛轻。
其小如芥非虫豸，仿佛无数黑眼睛。
海水湛湛涵太始，顶礼不闻弦歌声。

锈迹驳驳蚀混沌，流泪何必斧凿坑。
镜中万像俱困顿，茫茫影结万层冰。
将灭干枝投如匕，火花一霎大潮青。

复举莛兄

十年玄铁错开锋，万像优昙戮梦龙。
蝴蝶扬扬飞碧血，心魔蠢蠢击黄钟。
移山奇迹愚人负，饮酒高情猛士庸。
莫恸清诗绝身后，还摩侠骨认前踪。

说剑雕虫夸俊髦，纵情蜚语混清醪。
须怜网罟遗狂羽，可爱杯觥聚老饕。
大翼文章空咏叹，微生萤火尽呼号。
已然桑下经三宿，任是胸中觅九皋。

濠梁漫漫乐其鱼，蛮触嚣嚣爱以居。
补石或同攻白玉，洗心真似浴红蕖。
泥胎俗物由神祀，水木菁华供废墟。
却拟灯前非月下，总疑花盛是蓬初。

方生方死未定论，旋灭旋生讵招魂。
面目塑勒石膏像，心灵纠葛荆棘根。
嚼食生平恣肺腑，揭开片断曝伤痕。
指间频仍烟火味，路上无非骨肉恩。

金　　杯

谁将花海溺金杯，万魄千灵化一回。
菹醢冠英鲜似血，泥涂羽叶死如灰。

倾听歌颂娱生命，供俸神明礼祭台。
抟抹天空多异彩，已然污浊梦胎胚。

暮春东花市谒袁督师墓堂

烂漫春光若雪滋，高城冢冢系蛛丝。
单车舛驰寻陵柏，大都煌煌蔽青枝。
掩映欲见檐牙拱，铁栅将窥辕门旗。
未与居民询消息，辗行壁下督师碑。
仄陋三间勇士堂，尘戈败革悬琳琊。
刻石痛说当时悔，画上须眉清风扬。
璆锵长剑鸣残迹，壮心听雨白山长。
大树飘零委蔓草，虎脊龙骧剖玄黄。
将军大墓拾碎骨，陪祭义仆免孤孑。
光阴幽瘗百重楼，花市堂堂树直节。
扑鼻早已无花腥，辚辚耳边非蹄铁。
伫立有时勿唏嘘，承平日深化遗烈。

七　月

有母怀其婴，数月儿身已成形。偶然手足娠动触腹壁，感痛呼儿唤不应。汝祖欣有孙，新衣将裁成。汝父手无措，腹上贴耳闻娇声。未知生男与生女，先与麟儿易其名。生男何所唤，生女何所称。使儿无灾无疾延胤祀，降来足可享康宁。一日长一日，情亲日以增。计儿华诞时，永可抚平生。今世当何世，承平日以治。即为贫患故，夭伤多可避。乃不知有司，其行何所恃。其言也凿凿，其声也厉厉。有金次可生，无金命当坠。七月身已成，血肉横床笫。面目不忍顾，手足若何倚。其母发覆额，痴痴唯呓呓。立国以何如，皆以为民利。立策将何如，本以保宗裔。人不胜其悲，吏不知其愧。娇儿何其辜，七月未成忆。娇儿何其辜，七月成永记。

中　　秋

相思由皓月，飒飒任秋风。
流转知天意，荣枯问夙衷。
举家亲即醉，抚己梦非空。
清夜何珍重，如君在眼中。

2013 年

岁末七首

天命难知雪压梁，寒灰如覆世茫茫。
青春勠力山河荡，华发椎心骨肉伤。
可是维摩愁大病，虽然老骥梦平阳。
千秋谁记寻常殁，感激身前说自强。

浊世荒原路未开，客儿何寄此身来。
躬耕难饱针头血，恶卧多夭鬓上埃。
烂漫怜渠常抚背，蹒跚笑尔未成材。
泫然天地都飞雪，三十八年心尚孩。

一时风物附横流，彩笔曾描万仞愁。

未逐心灵随牧马，却收骸骨贮高楼。
病身期艾人间世，天禄犹疑诺亚舟。
再祝平川斜暮景，生涯不与再沉浮。

风斓霞蔚白衣飞，隔世真如陌上归。
碧树高秋抛弱梗，青峰初秀化重围。
年深各避他乡老，血冷同缘此命微。
永把星光沉梦底，相看天末泛春晖。

百年悲笑索嘉禾，历历难呈旧事多。
聚散肱支经野火，滋生城市溦烟萝。
各驱红日筹桑梓，共对白杨听挽歌。
子弟亦成还努力，镜中不必问婆娑。

冻彻星微似海枯，刑天月薄况头颅。
安危自谓无情子，梦寐谁司万古巫。
洒泪酬人诚入世，吞杯推影戏称孤。
年年生意埋春雪，守得新枝是旧株。

狂霾如海乱琵琶，痛折心弦送暮华。
庑堂新宿空无物，月历当春数一家。
漫漫长宵须独守，恢恢巨幕与谁遮。
平明或是离人眼，憧憬窗前四季花。

九　月

狩落秋枫是舞魂，红裳裂地火犹温。
波澜既往宫商乱，羽翼虽丰日月髡。
永别妖韶于艳骨，渐从清冷致黄昏。
天衣未补寒巢外，亦许多情寄旧根。

过前门外旧寺

我行城中隙，灯釉白涂壁。
枝裂开冰片，影曳留污迹。
酣战棋局外，寂蔑真如密。
百年阒空谷，蓬蒿避兽脊。
残垣啮时光，招提历犬溺。
过客失夙慧，雷音恒无忆。
踝躞迷宫深，回首犹合什。

2014 年

咏史四首

借天罚罪总寻常，肝脑书经最可伤。
兽竞由来从弱肉，花开犹自比邻香。
求心出处晦风雨，窥管无时补豹章。
有以牺牲成祭礼，须知分得一羹尝。

多年以后铁犹烧，万物苏薪赤手摇。
镜凸豪华融汗血，炬投孤影战人潮。
故园未化魂徒滞，大块如浮羽乱凋。
谁识劫灰由艳雨，只如炽爱付今宵。

红旗如酒醉人心，漉尽天边血色斟。

荡舞衣裳变沧海，摇歌首尾织丛林。
眼睛覆盖花房暖，时序环流幻夜深。
群揭图腾喧剧场，再无荷马独行吟。

怎摄芸芸梦一斑，时光封面鉴红颜。
游魂日记篇如佚，欲望街车辙不还。
困寄枯螺嘘海市，淫娱圣火避荒蛮。
浮雕老去斫痕浅，剩得苔青眉目间。

甲午中秋

银河源已废，明月似孤儿。
灯火煎来病，楼刀磔亦畸。
悲欢同世事，遗忘在天陲。
今夕秋风下，清辉落未知。

2015 年

正定观倒坐观音

阳光洒雪化禅门，往来芸芸悲欢陈。
惘然瞰首将离座，无妨佛头惊湍尘。
彩木雕波风不动，千载香烬落纷纭。
晨钟且惯分寤寐，耳后妙谛如是闻。
当初躯壳拘鬼匠，冠璎额珞叠万象。
朱结眉间众生魂，苦海似笑生唇上。

有心无心纹理淳，他思我思眸子忘。
出神不知蛛丝痒，入静却合天地壮。
灯前恋栈何顽颓，迷津瞻顾向古来。
抱瘿累累拔其龛，嶙峋半朽嘘其材。
不语抚平虬筋力，泽润荒芜野刺开。
抑或某时赐春梦，梦中永具落英骸。
寒暑侵得裙脚白，为怜奇美恐寂灭。
大佛铜铁锈亦丑，木胎尤悬火齿啮。
聚来流魄能通灵，观之神醉气芳冽。
归去同勖自在果，大年小年各完劫。

信　步

信步斯人之墙棘，神色荒酷于虫虎。大块枯抹以斑驳，天空洋溢乎焦渴。吾心所属何在，目中离离大海。俯首兮若有辞，谁抚我以柔荑。

银锭桥

银锭桥，垂杨柳。秘密地方多亦朽。谁人怀古徜酒吧，形影烂醉将神剖。钟鼓楼，钟鼓守。生民少长多缄口。谁人好奇趋市井，天上熙熙衣食有。老荷花，新豆蔻。海子游魂披锦绣。谁人至真挂甲胄，街角粼巡弃走兽。吟唱徐徐髭须生，济济佳人诵佛经。

长　安

釉云天壁拓长安，铁线皴青宝镜残。

楼瀑未央湖剧荡，杯奢曲水梦枯盘。
芙蓉炽舞蒹葭戚，钟鼓卑音墓穴寒。
醉拟招提发深省，春归典尽旧袍冠。

长　　歌

杀鬼子也哥哥，早归乡。我居江北爷娘丧，我行江南手足伤，江北江南血成行。杀鬼子也哥哥，早归家。路遇荒井旧篱笆，汲水可助洗风沙，曾见村头野菜花。杀鬼子也哥哥，早归来。一岁两岁莫迟捱，我今长大已成材，从戎能把衣服裁。杀鬼子也哥哥，胡不归。父母妻子莫相违，今当归土整柴扉，长歌唏嘘泪沾衣。杀鬼子也哥哥，胡不归。

虎坊桥咏杨小楼

当年歌场吹凉调，粉墨英雄致悲笑。
锣鼓经中念大国，妖氛炽路金钱豹。
长靠捉鞭妆如龙，警世输诚止忠孝。
花枪蹈舞万人敌，学来抚膺能大叫。
赤面美髯礼尽古，高香三炷实秘要。
夜奔正值落魄时，孤剑终台余长啸。
斯世皆爱壮士死，滑车力竭极鼓噪。
问贼巢穴又谁知，遮体旌旗付哀悼。
王霸势必歌慷慨，鹰犬由来相桀傲。
清吟只顾绕梁飞，滑稽已归开口跳。
正阳门外秋意割，艳阳楼里春风闹。
百年一折仍敷衍，甲胄霓裳须新造。

乙未中秋

幻光摇彼岸，照耀总归心。
影淬枫林火，凉歌海水音。
齐生从亘古，一醉在当今。
却有秋天雨，连宵作海斟。

下　　雪

皓皓黎明鼓，飞扬掩纪元。
长途经再造，故事已新编。
物化诚无序，天真谑少年。
喜欢涂白纸，回首亦浑然。

2016 年

迷　　雾

迷雾迭发探路者，失明俑动啄寒鸦。
折叠幻想凿虫洞，礼拜温驯覆面纱。
挑逗春情于铁石，烹杀乐土之毒蛇。
如是呼吸间生死，暗夜壕头爆火花。

面　孔

面孔帧帧泛水晶，谁探出没有魂灵。
目光考古皆遗迹，梦境传真已变形。
占卜生涯翻扑克，派发夜色炫流星。
熙熙天际何迁往，填补无垠万壑青。

城　隍

吹熄白天狎古魂，磷窗甲皱嗅春痕。
齿轮挫醒金刚怒，泡沫奔流胴体温。
拥舞楼腰非剧场，羈縻夜穴祇盘飧。
城隍尽享糠糟魄，倏忽新阳和血吞。

断忆六首

绕指黑雪炙，痛目红虹射。
檐牙剔太阳，春窗水晶吒。
月季刺裙角，妖冶烘足下。
少年踏歌殷，不觉销酷夏。
天空巷陌掩，长镜摇盛夜。
慷慨覆永荫，诀别竟刹那。

世界枫魂佚，游子招其魄。
初心抟衮雪，抛掷只一击。
霞衣化小马，漫烂无匹敌。
迸跳玲珑深，百突中肠易。
腠理凿凉暖，膏肓任辟历。

劲秋自君临，隧影舞未熄。
曳火有精灵，识途奋烈迹。

银河俱谎言，浪漫亦如是。
恍惚十二宫，或与命运似。
小虫啮城根，叙述已隔世。
星尘塑美人，残缺其标志。
笑容曾不朽，莫可呼姓氏。
光线削面庞，徒与迷渊峙。

青春即奔跑，雨点如烈爆。
触手碎片飞，鼓声太心跳。
夜市拓人影，背景忽泥淖。
记忆谁啼哭，剪辑竟嗤笑。
平淡总相宜，岁月合捏造。
日日革命宣，透彻啤酒泡。

神殿供罂粟，身体祭于兹。
城市供幻想，身体羁于斯。
日夜并吸食，虚诞更生之。
相逢本无端，彼此其谁为。
尔汝清抑醉，俟乎诸途而。
所欲或所祝，不问梦何其。

泫然永不忍，良夜几何陨。
繁窗酩旧约，迷离绘木槿。
对坐呈浮雕，往来具恻悯。
似曾春涵剧，依旧石头蠢。
叩膺聆岁月，音乐如刀刎。
目眥错温润，中心荡饥馑。
勿以崚增平，恩仇亟未损。

双　　尾

瞬目双尾青滑滑，荡入一夜水活活。欲捉鬓鸦黑聒聒，指间挑动魂咄咄。月痕鼓吻语剌剌，虎牙开心笑戛戛。髭白为问添矻矻，踞梦奚以神孛孛。年轮其轧轧，城市只茁茁。故事辐射向末末，扑腾跳动活泼泼。

中　　秋

明月为孤注，分来若许多。
倾城投玉饵，浮世隔银河。
过往极哀乐，团圆尽打磨。
今宵无缺席，不在亦当歌。

挽　　歌

城市炼金石，我物皆零件。
队伍充深闳，链条永不断。
天衢总蒙昧，芒角愈璀璨。
精工标崔嵬，拉飒填方甸。
钟轨定更新，终始从路线。
使命各极止，离合一经判。
屏幕呈凹凸，踪迹成雪片。
泥脂竟污黑，摩戛失光电。
截图织花阵，颜色倏涣散。
孰视温度升，记忆搜凌乱。
节奏勿迟疑，约会已实践。

悲欢那相关，顾惟机械转。

同艾萨德张钱冷公访北齐石柱

肃杀秋气赵州土，穷途不返霜阵苦。
天地至今为武库，败甲纷纷逐车舞。
石柱村中触石柱，玄黄裂地支鬼斧。
雄强顾盼森一炬，沧桑谁定东海杵。
武林冷公奇欲举，河州张氏气相鼓。
沉浮曾未随波淤，动摇不可笨古础。
鸟粪柱头佛花污，虫啮碣心铁划吐。
亭盖上覆遮残宇，枯骨下闻掩壮虏。
渍血早已蒸腥腐，堕泪文章尚楚楚。
口颂风云之乱部，日脚西奔浑无主。
剩迹二三渺前路，直把苍郁压肺腑。
垄外萧瑟枫榆树，犬吠嘈杂出堂庑。
滔滔抚迹终别去，问津再可询老圃。

满江红·有雪

城市冬天，收藏了，枫丹露魄。应设景，龙宫无主，冰山来客。银马渡河蹄已碎，红旗冻壁星如滴。蹴踏间，万镜竟分明，凌花坼。

车轮滑，行李仄。衣服粗，酒食得。问徂徕过往，东西南北。哀乐堪寻谁捉笔，灭明却待人添色。若翻过，一页是新年，涂空白。

译洛尔迦《吉他琴》

吉他弹泪丁丁丁，摔破酒杯溅黎明。丁丁弹泪竟不止，雪风喑呜水流冰。白茶花开沙子滚，淋漓调子向南征。无鹄之箭声嘹厉，永夜已然失晨星。于是第一只鸟枝上死，颤颤心弦割五兵。

2017年

新街口傻三记

傻三，本姓陶，幼染疾热，遂发狂痴。弃家不还，栖止于西城新街口，贩报为生。其人礼敬四邻，左右常相顾觑，往来凡三十余年，多有素稔者。

北京新街口，熙攘旧城北。
胡同望西海，风土历润泽。
槐柳接蓬蒿，市井守瓴甓。
见面辄询安，延礼至今奕。
施施群中来，邻里俱相昵。
天真爱孩童，恭肃对耄耋。
盘桓三十载，憨顽殊可忆。
子弟院落降，幼稚染疢疾。
手足固周全，寸心迷若失。
一朝出门走，辗转宿巷曲。

家人唤不回，留连此城隙。
颠倒救饥渴，酒肆检冷炙。
泡馍老西安，新川凉面食。
霜雪掷春秋，门楼清水脊。
窗下军大氅，收拾置榻席。
莫与乞儿伍，自道有骨力。
晚报捧黄昏，叫卖声啧啧。
偶诵今朝闻，不觉是昨夕。
父老多恻隐，少长咸顾恤。
壶浆日常给，寒暄不为客。
天衢如画卷，只影共熟悉。
烟云移京华，不知老将至。
八十年代初，路人遍相识。
过往皆颔首，瘩瘵但莫逆。
展眼新纪元，无暇应络绎。
喧哗误判别，灯火扫阒寂。
老母竟迟暮，赤子头亦白。
那舍闾阎厚，归息出我宅。
慈亲依以命，街坊半未拆。
惯经丁字路，衡门永抚迹。

与马里奥谈

稚子相见礼，闻我好谈史。
亦言爱故事，尤问他国志。
忽叙家何居，询我以地理。
京华那一处，某日会嬉戏。
嘱其随母行，咿呀惹不已。

吾母昨被伤，右腕石膏腻。
饭食左手疏，同儿用一臂。
儿生善左掖，教母持汤匕。
是语颇鼓舞，天成聪且慧。
又及天色晚，自谓当憩止。
与我频再会，容后讲彼此。
倏尔高声呼，欲唬人一起。

积水潭三首

折翼于城薜荔长，尘遮骨蚀水晶墙。
波澜碎片拼油画，记忆淤泥绽月光。
白羽拾来虽蜡染，灰霾割破是刀伤。
云罗自顾霓裳血，一段鸿爪属合钢。

莲叶田田簇永恒，之城盛夏炼何曾。
白衣圣洁出魂梦，赤日煊煌痛雪冰。
秩序街衢刀石佐，支离骨相眼波澄。
堪堪岂为昔年柳，拥立天心感不能。

胡同真有百花深，啤酒喧嚣泡沫沉。
海子剜空飞厦影，姑娘瞬目倩槐荫。
重城歧路行无已，盛夏长宵独不禁。
日下寻常多聚散，人间烟火太熏心。

中　秋

明月投谜面，秋声波段频。

天堂无限远，城市愈来新。
猎取需长镜，团圆供细民。
今宵如折叠，所有那些人。

寻常

世界本寻常，宿命皆一样。
朝朝自暮暮，江湖既相忘。
握紧馨香枝，刺血花束放。
赠人假痛烈，出乎于想象。
双双玻璃杯，晶莹若依傍。
月光插屋角，碎裂不可状。
发黑栖乌鸦，啄食木镜框。
颜色已腐坏，颠簸梦境上。
尔我皆寻常，世界仍一样。
相遇亦寻常，冰冷却滚烫。
花市十字路，时间无方向。
摘得旧腕表，脉搏惯跌宕。
石膏颇温存，雕塑低声唱。
战斗向往事，眼泪至埋葬。
纷纷出租车，载之悲与怆。
夜雨错交响，面庞清且漾。
世界极寻常，相遇若一样。
只把寻常事，相以约高尚。

2018年

得阿凡提偶人

阿凡提，阿凡提，纳斯尔丁阿凡提。偶人虽无线，灵魂何所依。天堂谒真主，空载正义归。倒坐蹇驴歌诙谐，西域曾传有布衣。穿郭历块戈壁热，随身只把树荫移。铁锁横门居陋室，却无围墙与樊篱。吐鲁番内留言语，句句能作歌恢奇。阿凡提，阿凡提，纳斯尔丁阿凡提。偶人亦无线，形容颇和怡。手拈髭须趣，洋洋若有思。忽把兄弟唤，与我游天涯。讽詈不平事，尔我皆黔黎。化身千与万，歌声永不垂。阿凡提，阿凡提，纳斯尔丁阿凡提。偶人虽无线，但问笑者谁。阿凡提，阿凡提，纳斯尔丁阿凡提。

螽　　斯

螽斯鸣热夜，雷雨出万巢。
云梦浮大泽，城郭海底锚。
礁楼珊瑚树，光华溢血槽。
寄居斓斑下，淤泥日复淘。
图腾纹贝类，蛮触探秋豪。
暑气疮痍老，嚼食听贼蟊。
草木终古腐，横波市井鏖。
基石冲溉深，苔衣苍且牢。

幻化滋生中，聚附应流潮。
黎明漫酵酿，天地盏泓摇。

七夕过北长街南长街

西城上弦值，人间过南北。
故事隔银汉，苍茫听羽翼。
明灯如勇士，列列守其职。
鲜花陈足下，今夕敷颜色。
车过槐榆间，红墙影逼仄。
愁思若不起，不闻金风弋。
玉露何相逢，透剔何所忆。
天衢深且广，岁岁时可匿。

2019 年

仲　　夏

已然仲夏花延伫，人潮如歌不再晤。
旌旗猎猎天空蹈，太阳灰飞血万炷。
美人衣裳白若雪，少年生死充将戍。
枯槁梦乡星眸远，滋生繁华于腐蠹。
间阎杨柳剩余荫，彷徨正往八衢路。
影子依旧在燃烧，莫非青春之错误。

骑士二首

马蹄过都尽飞灰，长枪欲挑夕阳回。
重甲掩心若峻法，深葬光华于战盔。
沙场不啻歌舞夜，城堡隐约著风雷。
盾牌翻动歌谣响，翩翩骑士执圣杯。
骑士佩剑始言志，勇敢命名尚高贵。
文功武业问华堂，尘间花祀与血祭。
驱驰风车不旋踵，雍容江湖明进退。
王冠陈旧花环艳，奉与红颜潸潸泪。
容颜凋零骑士老，记忆荒芜帜破碎。
纹章斑驳雨雪洗，一诺至今讵可背。
纷然何如爱与美，呼吸生死相晤会。
过去未来追白驹，冲刺春天永沉醉。

古道洪荒徒旅少，策马寻龙拨芜草。
暴日挥戈辔头殷，热魂张目天末小。
栈石星饭甲相拥，彗尾烂然压树杪。
欢心微命弹铗声，暗夜其中歌浩渺。
百战不止角斗场，海上人间力相剿。
饮啄栖迟遍沥血，铅刀惨映虬髯老。
馨香消散飞鸣镝，旧游残败如古堡。
万竿仍须斩不绝，白云往事愁未扫。
伏枥虽然呼驽钝，一朝蹈火化至宝。
空中闻得鼓号催，歧途侧伫光矫矫。

永遇乐·三晋雨中访古戏台

钟鼓不闻，梨园安在，吹落秋雨。粉墨流离，衣裳颠倒，仍向人间遇。开场作乐，娱神祭酒，何必嘉宾歌舞。既登台，周旋我与，古今万象来去。

青苔笨础，蓬蒿檐马，俱唱一天风露。侧耳倾听，侧身天地，还有虫鱼诉。仙班帝座，庄严残旧，难怪木雕泥塑。凭谁饰，一团活泼，红男绿女。

吴畏诗词编年集

作者简介：

吴畏，男，1984年生，湖南张家界人。四川大学中文系毕业，毕业后一直在张家界检察系统工作。嗜烟酒，擅烹饪，爱诗词。公众号『诗词进化论』主编之一。

我的创作道路

一、时间线

最早与旧体诗的接触是在四五岁，印象里有两个好的片段，是祖父为我念两首诗的情景：一首是“一望二三里，烟村四五家。亭台六七座，八九十枝花”，让我觉得简单而美；一首是“危楼高百尺，手可摘星辰。不敢高声语，恐惊天上人”，让我觉得神秘而刺激。除此之外，基本上都是灰暗的记忆。

大约我那时记性还行，父亲就找了一本灰黄牛皮纸包装、上面用毛笔写着“唐诗选”的书来拔苗助长，每天背完一首才准吃晚饭。绝句部分还好，律诗部分吃吃力也能按时吃晚饭，到了古风就常饿肚子了。我至今记得那天，腊月初吧，爷爷奶奶打好了、发好了、蒸好了喷香的、备年的叶叶儿粑粑，而偏偏那天轮到了《走马川行》，这首诗的语句对我来说本已聱牙，我又被粑粑的香气所干扰，在焦躁自责和父亲的追逼下，硬是等到粑粑冷硬了，我也不饿了，这才背完。那本书里有没有《长恨歌》不记得了，纵有，也应当被父亲的人道主义分成若干天的任务，所以没印象了。

背完那本诗集后，大约因我读了小学，或是父亲工作忙了，很少能准时回家检查，我再未被家人逼着背诗。也因为那段痛苦，很长时间，我从不主动碰任何诗。直到初三毕业的暑假，无聊中捡起了父亲书架上一本人民文学出版社出版的《唐诗三百首》，我因此而喜欢上了唐诗。那个暑假读的最多的是李商隐的《无题》，情窦初开的我觉得那写的简直就是我本人。从高三到大学初，情窦再三开的时候，凭着一点阅读量，为心中的女孩子，我写过一些自己看上去很美的“诗词”，但毫无章法格律可言。

大学二年级时正式了解到格律之后，顺水推舟开始了旧体诗词的试作，基本上也是为女孩子写，属于认真的无病呻吟。虽是无病呻吟，但得到了王红教授、伍晓蔓教授两位恩师的指导和肯定，便有了些进步。我把习作发到一些诗词社区、论坛，希望得到更多认可。

网络为我打开了诗词眼界。以前习作的语言，皆是从过去各个选本学来，一度认为写旧体诗词如造古董，当做旧如旧，方古色古香，纵自己有一些新意象、新语言的掺入，亦不是主流，不能以紫夺朱。而网上少数作品，让我耳目一新，让我发现旧体也可以准确地描写当下，诗词也可以这样写。给我影响最大的是金鱼、李子、赵缺、杜随等人的作品，并一直影响着我。

二、创作的原因或动机

如前所述，创作诗词最初的直接原因是为了追妹子，后来慢慢浸入，则成为一种兴趣，一种内在冲动，一种“想哭就哭，哭出来会好一些”式的情感宣泄。此外，当然也有功利的动机。刚刚上路时，有着常见的初学者的自负，居然有过留名文学史的可笑野心，当然后来清醒了。同时发现了另一种功利价值：把一些经历了而留不住的场景和情感，制成尽可能接近原貌的艺术标本，使得那些人和事、那些心情得以凝固，得以保存，这是稳赚不赔的。

三、内容（内核）与形式

举个例子，拿照片来说，题材是女神的某个侧面或正面照，内容是肌骨，内核是灵魂气质。至于形式，则是服饰、光圈、快门、滤镜等。内外相统一固然完美，但不可协调时，必以内胜。古人所谓以情胜、以气胜、以才胜、以势胜，不崇以对仗胜、格律胜、词语胜。至于以辞藻典故胜，早见弃置。“粗服乱头不掩国色”和“精雕细琢全靠美颜”，你选谁？

读诗绝句八首

花贵写心非写形，江西妙笔点难成。
芙蓉开落春红谢，一是忘情一挚情。

同源艺术本难分，一座心山数朵云。
温八叉如拉斐尔，杜工部似贝多芬。

情是内涵才是颜，纷纭词汇是裙衫。
真诗人似雅芝姐，古服时装俱耐看。

千秋李杜耀华章，尚有痴人比短长。
菲尔普斯博尔特，不知谁弱复谁强。

苟利国家生死以，岂因祸福避趋之。
诚知此类句多也，纂者已删牌坊诗。

平生际遇总非平，艺术之花血灌成。
我信诗人如烈士，捐躯不是为虚名。

三年两句技宜休，字底真情是重头。
多少人于火车站，一声珍重泪狂流。

断代分诗总不真，某些内核永因循。
悲情天使频转世，曹植义山黄景仁。

以上是我 2009 年写的一组，大略表达了我对诗词形式内容的看法，十年来，这种看法日益顽固。我认为，真正的诗应当是发乎内心的，喷涌而出也好，满溢出来也好，呕吐出来也好，必须是发乎其中的；喜悦也好，愤怒也好，乐观也好，厌世也好，良善也好，禁忌也好，“有我”也好，“无我”也好（“无我”亦是一种由内而外的忘情），必须是发乎其中的。这并不是唯内容论、唯情感论，不是不要形式，而是不要“形式主义”。我心中内容形式与诗大概是这么个关系：

真实的情感＋好的表现形式＝好诗

真实的情感＋不怎么好的表现形式＝有进步空间的诗

不真实的情感＋好的表现形式＝好的伪诗

不真实的情感＋不怎么好的表现形式＝浪费时间

或许有人会以叙事诗、体物诗来质疑情感的重要性，但我认为，即使是叙事诗、体物诗，情感也是其核心内容。

四、题材

自习作以来，我便有意识尝试各种题材。谈情说爱这种大事，国家大事这种小事（周星驰电影语）；屙屎撒尿这种正事，隐山寄水这种闲事；喝酒抽烟这种雅事，附庸风雅这种俗事……凡经历过或思索过，又可写的，皆写过。当然不同阶段侧重不同。结婚之前，情路坎坷，为我提供了很多素材，特别是在爱而不得、永失我爱这两个宝贵阶段，“发乎其中”的东西太多太真，简直是灵感之富矿。故而那些年写爱情（主要是失恋）的居多，且自以为写得还行。同时，那时比较年轻，看不惯的多一些，所以也颇有些讽刺诗甚至暴力倾向的诗（如《侠客行》系列）。亦正因为年轻，小闲愁的诗词亦有一些。结婚（2014 年）生子（2015 年）之后，家庭安定，工作固定，情绪稳定，在产量下降的同时，题材和内容亦有转变。有亲情，有偶尔对时事的激愤，有羁旅时的愁绪，更多的是人到中年安逸麻木而又一地鸡毛、有所不安、有所不甘的复杂心态。

五、旧体与当下，形式与风格

大学三年级时写过一篇论文叫《试论当代旧体诗创作中的物象尴尬》，简单点就是说旧体诗词是农耕社会中、文言形式下产生的文学形式，拿来表达工业社会里、白话文习惯中的名词、器物、场景乃至情绪，通常显得不伦不类，然后该怎么办，吧啦吧啦……后来在网上发现，持这种观点的人不少，而对于该怎么办，就有了分歧，在创作上表现为不同的形式风格。

我既然认为诗词必须出于真实情感，自然主张诗词应当表达真实的当下，对“古墓派”、“葬花派”极其反感。在创作上，一段时间比较过头，将新与旧完全对立起来，写了不少刻意求新的诗词，有的甚至只是披着格律外套的纯白话诗。在这样写的过程中，大概是因为笔力不逮吧，发现路越写越窄，自己也越来越困惑。通过广泛阅读和持续创作，渐渐觉得旧体形式和现代内容并不存在实质矛盾。农耕社会到工业社会乃至信息社会，人性没变，人的基本情感没变，古今诗词在内容上是相通的。文言到白话乃至网络语言，文字没变，单音字词没变，基本发音没变，基本语法没变，古今诗词在形式上亦是相通的。

故而，在形式与风格上，固然不能食古不化地回避当今的新语言、新物象，亦不可为新而新，把古人旧体诗词创作中形成的一些好经验、好手法，乃至旧体诗词本身独有的审美特质抛弃掉。有了这个认识后，对新旧的“度”，对怎样的风格，就不再纠结了，凡是适应我所想表达的内容的，就是好的形式。

形式当然会影响内容。一方面旧体诗词形式的局限性强，会影响到表述当下内容的丰富性和准确性，这可以通过不断提升文字驾驭能力来解决。另一方面，尝试不同的形式和风格，可以促进表达内容的更新乃至突破。前面说过，进入中年后，由于多方面的原因，我的创作冲动减弱了，表达内容的同质化也非常严重了。此时，我有意识地调整题材、形式和风格，在一定程度上减轻了内容同质化的诗病。

六、用韵

2009 年以前，近体诗依平水韵，词及古体依《词林正韵》，故有一些依照普通话不押韵的诗词。其实内心里一直觉得应该依照现今普通话用韵，才符合现今诵读习惯。但这方面争议很大，于是 2009 年之后，给自己设限，在用韵上既不突破平水韵、《词林正韵》之韵部，又符合普通话的押韵，也就是双重符合。一开始很觉拘束，后来就慢慢习惯了。

2005 年

离　　别

落日酬愁一片霞，杜鹃声里独登车。
龙泉归去无它路，碾过来时未落花。

2005 年 4 月

2006 年

春雨晓行

拄杖堤行细柳斜，笼城春雨似轻纱。
东桥一过却晴好，遍地阳光油菜花。

2006 年 3 月

劝乐谣

国人要自由，动辄欧美云。
高言令我笑，自由在人心。
民主纵行布，心主那可论。

帝王早废弃，终作心魔臣。
妻出疑妻子，自出忧双亲。
贫者思一肉，富者防四邻。
宰相望皇帝，皇帝望天神。
天神忒寂寞，思凡望凡人。
世事每如此，运数是天循。
元璋化生子，有明三百春。
孔明智万古，六出阻前军。
我劝世间客，无为太纷纷。
明日地球上，六十亿新坟。
五官是宇宙，一生即古今。
恣意饮美酒，勿吸海洛因。

2006 年 4 月

秋　　来

倚枕衾微冷，孤云在月隈。
风同往事起，秋似故人来。
一叶空回舞，千门自闭开。
无诗酬永夜，对影且执杯。

2006 年 8 月 21 日

烟瘾大

烟瘾大，大如酒，少年二十面如叟。居室腾腾洞连袖，火燎双鬓蜡涂手。一月浊酒三十斤，一年香烟一万根。倘或半刻不能接，望烟如水肺如焚。羊舌微舔掌与腋，细丝轻抽脑内壁。六腑生疥挠不能，瞳仁散光骨酥坼。此时故人买烟回，两两无力倚枕偎。吸云如抓呼如抠，遍达毛孔始出来。自是烟气似灵爪，我与故人相对笑。三根过后起跃然，窗前万物颜色好。烟瘾大，大如天，可恨无多购烟钱。我有奇文今不售，后人但执名茄皓首彻夜一字研。

2006 年秋

剑客待仇行

孤月赤光万星熄，天流暗声银河黑。
少年秋风不能眠，中夜拂剑二指直。
霜结侵晨剑花多，照剑肩后一影过。
倒剑退行头不转，已然腔血热前罗。

2006 年秋

酒　　杯

薄寒白玉月光匀，盛尽新醪与老春。
得我激情千万吻，如卿幸运两三人。
曾先醉去自脱手，此后残存还割唇。
未就茅台不须恨，凭诗后世是奇珍。

2006 年 10 月 30 日

不　　寐

今年寥落在郊陲，入夜香烟次第持。
满簟月寒独自卧，四更雨落几人知。
香开古籍愁能嗅，色褪残枫妒更吹。

惟有斯时成可信，当初后事俱难期。

2006年10月31日

如　　厕

白瓷白壁照如冰，数尺容膝十瓦灯。
饭饱正当除块垒，秋深更喜绝蚊蝇。
半张报纸翻还读，一缕香烟绕自升。
如厕当年亦拉伴，只今寂寞忆儿朋。

2006年11月11日

仰　　望

仰望星空旧恨疏，此身斯境感多余。
十维宇宙兴亡势，一朵烟花开落如。
来世读诗回羡己，他时适越已还车。
当其立触惟真实，且醉芳醪历太虚。

2006年11月21日

二十二岁生日作

历代前身未可追，当年此夜复轮回。
一场春梦八千日，余下生涯几万杯？
买盒好烟忽自信，收张贺卡使伊猜。
卧中回味闻钟响，已是他人生日来。

2007 年

读旧信

一颗心温暖，半杯茶已凉。
阳光桌上白，岁月手中黄。
读罢人何世，吹来雨几行。
叠成千纸鹤，挂在小窗旁。

2007 年 6 月 7 日

繁　　华

把伞东门外，步行城市中。
心情随雨水，夜色在霓虹。
频过匆匆客，轻吹淡淡风。
繁华之寂寞，不与独居同。

2007 年 6 月 8 日

侠客古寺待仇行

群僧缩聚不敢出，古寺檐声夜沥沥。
侠客把酒正无聊，闲翻案上功德册。
忽然侧耳耳微动，梁角行蛛一丝坼。
伸手向案案起风，寒光照得金身白。

转身长锋贯血胸，拔剑之声犹未息。
举刀人影壁上凝，推行十步钉于壁。

2007年6月11日

侠客归去行

侠客抱剑双臂叠，晚风吹鬓鬓沾颊。
身在危石影在云，若自沉思凝眉睫。
忽然旋去作阵风，起剑收身才一霎。
一叶欲动不及时，然后纷纷落枝叶。
折剑掷剑空谷中，声如断弦久回涉。
左掌流血滴古苔，如初杀人手未捷。
踏松而下瞬无影，去学穷儒林泉惬。
今世之人唯躞躞，今日之日不需侠。

2007年6月11日

初　夏

在那个初夏，黄昏和早晨。
操场边青草，单车上白裙。
很容易满足，别一种清贫。
再不能回到，当时的我们。

2007年6月15日

2008 年

清平乐·雪

那时你我，不语临窗坐。窗外雪花千万朵，恰似泪光静落。

而今雪落纷纷，抚平大地伤痕。堆个雪人当你，给她围上围巾。

2008 年 1 月 20 日

开　　窗

开窗即是众山尖，今夜依然不下帘。
楼似断碑风似斧，云如野草月如镰。
闲冲茗叶品青涩，乱枕歌声入黑甜。
梦里犹占梦中梦，一生大梦未曾占。

2008 年 12 月 1 日

梦

无声海底永昏昏，一光折入百重门。
残碑异厦浑如识，来世前生两有痕。
未必我非蝶所梦，可能人即鬼之魂。
醒来何处复何日，数朵流星落远村。

2008 年 12 月 11 日

2009年

看戏剧频道木偶戏

板敲铙打好催眠，短发清香偎我肩。
忽觉此生如木偶，情丝在你手中牵。

2009年1月6日

赠　　别

客少残肴冷，一杯还一杯。
今朝因别聚，何日更归来。
汽笛声如箭，空街夜似煤。
将心寄梅树，沿路为君开。

2009年1月14日

夜　　坐

几点寒星映小城，城中几扇小窗明。
我于一扇窗中坐，仰望寒星静忆卿。

2009年1月29日

如　厕

快意人生在一蹲，轮回五谷散余温。
始知齐物论非假，忽觉香烟味不纯。
事毕欣然会心笑，水冲犹剩刹车痕。
闲哼小曲慢搓手，正有阿谁急扣门。

2009 年 2 月 16 日

夜　雨

雨落长街湿，涟漪在叠加。
飘来春的信，涌动伞之花。
忽觉车灯嫩，漫牵思绪遐。
故乡没有你，一样是天涯。

2009 年 2 月 22 日

浣溪纱 · 春天一种

工厂蓝烟亦透明，新征工地麦苗青。工棚之上出风筝。
燕子飞回家美满，床单晒后梦温馨。故乡泥土可深耕？

2009 年 2 月 27 日

送　人

新雪莫飘来，旧雪莫化去。
长留君行踪，使君记归路。

2009 年 3 月 4 日

暮雨街行

独步长街暮雨微，街灯昏旧似铜辉。
招牌错落橱窗暖，檐瓦晶莹燕子飞。
花瓣随风斜入伞，车轮破水疾沾衣。
清凉一种如秋晚，久倚天桥不欲归。

2009 年 4 月 13 日

凉夜

连日雨初停，欲暮天回暖。
持杯坐窗前，享受此慵懒。
街巷如河床，房屋如河岸。
人车如流萍，时行时搁浅。
夕阳疲欲沉，红光长且软。
是交接印戳，将山河盖满。
月牙悄然来，撑开夜之伞。
次第窗灯明，似花纷纷绽。
有楼影参差，有霓虹迷婉。
窗框为画框，构图若精选。
细雨忽降临，飘洒于窗面。
窗中之油画，色彩已流散。
以清风为床，以雨丝为茧。
使我弃忧伤，于梦乡沉湎。

2009 年 8 月 6 日

夜深沉

我惧昼明灿，我爱夜深沉。
唯于坚实黑，确信我生存。
残阳葬于地，残星葬于云。
生灵葬于梦，我启夜之门。
决绝之颜色，虚无之声音。
城市已病死，探之无微温。
我沏浓苦茗，端坐我肉身。
使我之思想，随暗流疾奔。
见过去种种，见法相纷纷。
见菩提之叶，见罂粟之根。
各时各态我，于空中梭巡。
或似幽烛火，或似白纱巾。
我以念为手，将彼一一扪。
听我说大道，围我坐卧蹲。
或动或静默，或嘻或怨瞋。
或骇然耸定，或惬然欠伸。
哀伤怆怖者，浊泪凝乌唇。
微笑欣悦者，彩焰生瞳仁。
忽有千柄剑，刺裂我邃宸。
众我皆不见，我肉起于晨。

2009年8月11日

窗　镜

开灯点亮夜之煤，以窗为镜不胜哀，眸子已浑髭已草，措手不及中年来。我向窗中人久顾，分明是我儿时我之父。我父而今鬓已霜，我祖而今弱如瓤，我祖常提年少事，少年同伴多已在山冈。悲夫悲夫世间人，究为何事扰纷纷，请看表盘指针转，你我搭乘地球绕日亦唯数十巡。莫悭爱，莫惜金，二者弃我远，惟对浊酒不辞频，惟劝天公莫赐辛酸无数为诗料，莫降得意剧本于我身。饥得食，困得眠，倏忽重至此窗前，眸子无光髭成雪，无悲无喜到暮年。

2009 年 12 月 2 日

晨　　倚

冬雨潇潇梦里凉，清晨倚阁意微茫。
我心一树梧桐叶，多少娇黄转暗黄。

2009 年 12 月 7 日

溪　　畔

索溪之畔绿杨堤，多少温柔事转迷。
他日相逢或颔首，你和佳婿我和妻。

2009 年 12 月 10 日

烟瘾深

昔年我作《烟瘾大》，烟瘾日深未得瘳，如神龛前之香烛，根根相续不可休。凝作松脂涂我手，结成阴霾蕴我眸，恰似蜂蜜填蜂穴，肺泡之中满焦油。而今呼吸唯轻浅，深之痛若鱼挣钩，他年我死割我肺，晒之切之裹之可以作烟抽。何事香烟不能戒？非干深冬熬夜之取暖，非干灯红酒绿之应酬，烟叶原是忘忧草，燃之稍可化悲愁，我愁尚余三百石，我烟尚需几扁舟，泛扁舟于酒湖上，直通银河回望一星曰地球。

2009 年 12 月 13 日

侠客行

灿灿华楼高插云，顶层深夜宴嘉宾。
闲话民生品珍馔，各自贵人拥美人。
男侍敲门推门入，颔首转身轻闭门。
礼帽压低西服挺，托盘为换热毛巾。
毛巾欲尽现枪支，却取毛巾从容拭。
美人尖叫贵人散，刹那容颜如白纸。
微笑不语点扳机，次第眉心生红痣。
屏中血液绽梅花，毯上脑髓落栀子。
谁于背后掷餐刀，抬手轻接如羽毛。
随即腕转头不转，一叶寒冰没睡袍。
谁据窗沿握窗帷，欲下不下惧其高。
眼见其人踱步来，失足一呼堕云霄。
门边伏二桌边五，坠楼又一合其数。
众女失魂瘫于地，只有泪痕无伤处。
踏窗跃向邻楼去，黄叶萧萧著风雨。
已换衣衫下长街，回瞥警灯如花聚。

2009 年 12 月 18 日

对　　雨

换尽眠姿梦不成，已无枯叶有枝鸣。

相思病似风湿病，最怕夜来寒雨声。

2009 年 12 月 28 日

2010 年

暗香·雨夜独行

雨丝凌乱，与无边墨色，构成今晚。一把浓愁，撑作宽深黑绸伞。沿着长街浪迹，心底事，让风吹散。以步伐，量影之长，量一世之短。

如幻。水中璨。把冷艳光华，踏成残片。暗香弥漫，经过某家纸花店。于是临街良久，人似鲫，我如河岸。忽一滴，凝作雪，缓飘于脸。

2010 年 1 月 2 日

晨起口占

倚枕无聊望彩云，别来音讯不相闻。
今朝忽觉公平了，一十三天未梦君。

2010 年 1 月 4 日

漫成绝句五章（选二）

我身一杯具，我心杯中水。

俯仰坐卧行，皆有波澜起。

说到无言后，头像转灰迟。
恐君知我意，复恐君不知。

2010年1月7日

古绝六首（选三）

情死不留冢，当风扬骨灰。
何以遗旧物，件件竟如碑。

临壁观草书，情如壁上墨。
淡至欲无时，忽复转深刻。

修远之征途，数里布一刃。
平安夜以远，情人节以近。

2010年1月8日

拟为古绝十四首（选七）

各看无关人，各言无关事。
目光偶交接，便觉面如炙。

昨夜未梦君，今夜需梦见。
所以众人前，拼死觑君面。

左侧变压器，右侧垃圾堆。
知君必经此，故已数来回。

亦如糯米酒，白日长沉醉。
亦如大叶茶，深夜长不寐。

掌我乐与悲，予我罚与赏。
不知君何如，忽觉君如党。

想君应已起，想君应已餐。
想君应已沐，想君应已眠。

独立小窗前，风铃自摇曳。
阖眼静忆君，心头如融雪。

2010 年 1 月 28 日

除夕及初一古绝三首（选二）

寥寥数言语，老泪作雨下。
我心如硬盘，尚未格式化。

短信皆群发，此条因君写。
但说新年好，未说情人节。

2010 年 2 月 14 日

烟

入口便分浑与清，惯知危害不心惊。
朋皆醉后一房满，稿未成时彻夜明。
到底戒除原是爱，至今厮守只余卿。
人间迷雾深千倍，直欲相携作远行。

2010 年 3 月 4 日

西江月·夜雨

入夜飘飞细雨，开窗沐浴凉风。满城青碧紫蓝红，脉脉繁华流动。

伞下惯多聚散，人间总是朦胧。星辰依旧在天空，枕着檐声寻梦。

2010 年 5 月 16 日

无　　如

自弃苍茫人海中，几回相别与相逢。
渐知情种似茶叶，续水无如头道浓。

2010 年 5 月 27 日

立　　堤

无声细雨入清波，一岸稀灯夜几何？
悄立长堤城市寂，风如河水我如螺。

2010 年 7 月 4 日

无　　定

忽有微霜上鬓丝，多情仍似少年时。
红尘浪迹偏无定，轻负佳人痛赠诗。

2010 年 9 月 1 日

听　　雨

小城影茫茫，薄衾风缕缕。
以心为河床，静纳一宵雨。

2010 年 9 月 21 日

古　绝

漫天风萧萧，四野虫唧唧。
秋声不在兹，在我长太息。

2010年10月8日

覃某某

覃某某，十六岁，红发蓬乱额有疤，黄褂肥空袖凝涕。铁窗无风亦倍寒，薄衣冷凳坐不安，卑声谄笑唤叔叔，却伸脏手讨香烟。数根急吸如焚纸，换得口供数千字，签名捺印无须教，已将提讯当常事。事毕同事便欲回，我扯其衣请作陪："目今恰有一调研，未成年犯乃其题。""与你现将私事侃，你这小子可情愿？""政府问么答么子，只望叔叔赏烟卷。"蓝烟缭缭燃半根，问之不语却出神。忽自蹙额烟长吐，蔑然一笑从头诉。烟雾渐浓话渐多，数将板凳向前挪。表情时傲时若悔，明灭光中隐见泪。脚旁到处是烟头，往事似此不堪收。一时三人同沉默，雾中相对影绰绰，半截忘吸灰自落。

"家住某乡某某村，家中数代皆农民，三间土屋五亩田，父母年年耕种勤。耕种由来保不死，纵免税费亦如此，前年父亲挖煤去，去年正月骨灰至。春联才换却披麻，多难兴邦岂兴家，七月母亲改嫁出，昔日磐石今为沙。弃田抛书奔城中，苦觅学做修车工，冷睇名车暗努力，他时需与诸位同。手如墨饼发如布，汗流不下和油固，日日站少跪卧多，一月工资四百五。忽有客人呼我名，胸前硕链耀眼睛，墨镜摘去方能辨，是我同族远房兄。递烟问询微颔首，目光扫我厉如帚，试罢车况一鸣笛，唤我今日便同走。白日几处巡赌场，了难止争兼放账，我兄出入总相携，各路弟兄皆礼让。夜夜霓虹深处行，恣肆欢谑四五更，掷骰斗酒歌舞劲，解带推油技法能。头发染红衣裳换，手机入时最新款，此生至此始作人，一十五年如狗贱。江湖分金自有方，男儿轻命重豪强，每有任务必争先，遍体伤疤是勋章。律法当时何曾视，兄有一言奉为旨：自古乱世出英雄，须把而今当乱世！东街某哥为宿仇，向争某场斗未休，各领兄弟三四十，前月谈判某茶楼。相逢握手拍肩笑，互点香烟似旧好，二人凑首长密谈，音箱古筝轻袅袅。掷杯一声脆玲珑，两派如泄皆前冲，马刀眼前挥明月，钢管耳畔生清风。漫天火星迸复灭，鼻中腥甜胸中烈，血滴只是落梅花，肉末无非溅木屑。忽然众敌并数排，径向我兄逼压来，我忙力拽最前者，提刃向喉只一裁。手中人，如喷井，众人湿，茶楼静，纷纷散去我独留，无悲无惧唯觉冷……”

故事听完久凝眉，一吁转念未为奇，犯罪二成乃少年，少是娇儿多贫儿。尔勿伤，且幸无须尔命偿，唯祝他年出狱日，亿兆黎民真小康，纵使归农亦无妨。

2010年12月7日写，8日改

辗　　转

辗转无能到梦边，寂寥如水复如铅。
老歌一辑从头放，旧我纷纷共被眠。

2010年12月21日

2011年

古绝六首（选二）

邂逅不需多，悉录三生薄。
君容如相片，君语如字幕。

汉字万千枚，奚取常用字？
我读无关书，不时受一刺。

2011年1月11日

古绝四首（选一）

转问“侬与某，所怜谁更深？”
“一般深入髓，所幸后逢君。”

2011年2月24日

花　　开

寒中春信我先知，初见飞雪成雨时。十日闲翻唐宋卷，不觉街旁草芽短。烟雨连旬收群山，一朝雨尽青满眼。草莓滴红荸荠紫，大笋如柴堆集市。刀子鱼出美如鲥，朝以佐酒夕可死。几回醉入公园中，桃李牡丹纷白红。各自含娇如作态，吾视之与世人同。昨日呼朋郊游去，独立郊丘久失语。菜花无垠怒如海，欲覆城市之荒屿。我已三见花落未伤春，早信伤春专属少年人。今对花开恣肆不自持，略不关忧国忧民与相思，一任泣下濡短髭。彼谣何所唱？“葬我春天里。”昔日觉矫情，今日知之矣。

2011 年 3 月 28 日

住　雨

山城初住雨，独向小窗凭。
清冽一泓夜，幽柔数朵灯。
凉风吹鬓乱，明月入心澄。
谁作当年我，呵君手若冰。

2011 年 5 月 23 日

古绝三首（选一）

昔将鱼水喻，今日试离居。
不似无鱼水，两如无水鱼。

2011 年 7 月 20 日

临　江

汀蓼岸芷各凋残，落日斜拖一抹寒。
堪恨生涯似浮梗，不曾怒放不曾安。

2011 年 11 月 15 日

浣溪沙·下班途中

午后寒潮入小城，久违冬雨落街轻，人车声里上华灯。
花店回眸心隐痛，站台呵手气微凝。去年此刻亦孤零。

2011 年 11 月 29 日

生查子

人间三月天，雨巷擦肩过。六月雨中昵，伞坠如莲朵。
小窗秋雨来，把梦轻敲破。静待雪纷飞，埋葬今年我。

2011 年 12 月 6 日

古绝七首（选三）

断章永循环，无灭亦无始。
为问梦中人，何日梦中死。

居家各样卡，论坛诸网名。
每逢输密码，不得不忆卿。

到处纵才情，未曾开怀抱。
欲怜不怜人，可知君怜少。

2012 年 1 月 6 日

辛卯除夕三首（选二）

别来久是已殊途，春晚同看料未殊。
一曲当时曾对唱，荧屏重听泪流无？

烟花渐寂夜将残，短信频酬强自欢。
别拟寒暄无处寄，对君旧物祝平安。

2012 年 1 月 23 日

梦　回

夜半无端杳梦回，小窗风起落墙苔。
关灯孤坐雨声里，浸得枯心如茗开。

2012 年 2 月 4 日

古绝两首

月余未梦君，渐忘爱与恨。
昨夜梦见时，遥看不敢近。

连月诸节日，独过已释然。
渐见春草长，逢子欲周年。

2012 年 2 月 25 日

对花绝句四首（选一）

沥沥檐声佐酒卮，花如水彩雨如丝。
别来各种愁滋味，最是将忘忽忆时。

2012 年 4 月 5 日

南街漫步

繁华似改似相同，漫逐人潮到夜浓。

时遇去年君与我，擦肩欲唤忽无踪。

2012 年 5 月 20 日

感怀四章（选二）

多少拥衾无寐时，凝看黑暗久沉思。
伏屈身干于尘里，披沥心肝至路歧。
笑听情歌谁可信，闲翻芳札自相欺。
早闻蒲苇逢新好，亦欲移情未得移。

几番雨洗小城新，泪洗不开心上尘。
夜夜我如今夜我，年年春似去年春。
再无细戒微嵌指，唯有深杯久在唇。
敢怨轻违一生诺？来生想亦诺他人。

2012 年 6 月 5 日

侠客行

深山六月寒如秋，中有一潭碧而幽。
水草绿老半含紫，群鱼时见其中游。
潭边依势安长椅，错落三四钓静水，
在侧十余白衬衫，表情或谄或刚毅。
或奉茶杯或挂饵，或视木浮或环睇。
山外山民不自惜，暴日挥锄破坚脆。
一沦才起万沦生，众人聚目悉屏声，
心共木浮乱上下，世界为之一暂停。
贵人起立稍后仰，微试乃知不得上，
迂回牵引至潭边，俯身侧下插抄网。

闷柔一响众惊猜，唯见滑痕在青苔，
众人欲援水忽静，一朵红莲缓缓开。
破水者谁身如电，脚点浮尸奋向岸，
疾带水风入人群，数人拔枪数人散。
拉栓举枪何迟迟，短刃过喉若游丝，
仰向古藤喷腥热，躺朝碧藓汩胭脂。
血里手枪从容取，微笑转身潭中去，
零乱枪声点圆漪，幽幽潭面霎时雨。
出水枪响湿如啼，仆者渐多立者稀，
纷纷白衣安然卧，各自胸前绽红梅。
悠然上岸搜诸子，现金名表皆无视。
但取香烟燃一支，吐纳静观烟飞逝。
踱上山路山草深，提出瑟瑟三贵人，
哀哀泣告长叩首，嫩肤遍是草割痕。
枪支匕首弃不用，抱臂一叹若沉痛，
敬请三人自投潭，以山为碑水为冢。
山自青兮水自红，吟啸归去深山中。
不日腥潭复幽碧，映照山枫似血浓。

2012 年 7 月 31 日

秋　卧

夜阑酒重卧郊村，满被浓愁似马奔。
一辑《催眠》勒不住，近来入梦借《安魂》。

2012 年 11 月 3 日

周　年

勾指誓同途未同，秋风一别又秋风。
食逢君嗜喉如堵，书到芳名字未工。
长发储囊成冷刺，软歌飘枕织愁笼。
于今相忆无垂泪，逆入千疮五脏中。

2012 年 11 月 11 日

2013 年

蜗　居

公务私酬偶得除，芳春所乐在蜗居。
一窗来去不时雨，半壁古今无用书。
酒墨浮香眠静好，蛙虫远唱意清纾。
未知之子应相待，他日初逢折素蕖。

2013 年 4 月 3 日

夏　夕

凌晨垂幄涨凉飔，窗畔香烟次第持。
总有难名难遣意，未殊落叶落花时。
眸涵星宇身何在，心堕泥涂梦不知。
欲向荒原最荒处，高歌痛哭任由之。

2013 年 6 月 14 日

2015 年

捣练子

鱼白煮，肉红烧，多给妈妈舀两瓢。产后新肥休想减，我家宝贝要长高。

2015 年 5 月 27 日

疏　　影

醒来夜半，自持烟向户，瞥彼幽暗。天幕森严，城市虚空，寒灯数点如泫。长河与岸同沉默，似呓语、一车经缓。想此刻、庶梦之魂，于此大街行满。

闻道家乡雨骤，去探年少我，以睫为伞。“子勿忧怀，子且长歌，一切必将光灿。”惊无后我探今我，互永隔、无从相伴。唯死后、与未生前，可遂永恒之愿。

2015 年 6 月 16 日

天　　凉

天凉心自静，拢手立门前。
檐下风幡活，雨中灯火鲜。
看无如看月，听寂即听禅。
忽念此身在，茫然一泫然。

2015 年 7 月 24 日

2016年

水调歌头

骤雨洗天幕，严待尔登台。人间几处遥指，大朵似莲开。看尔长如初见，看我容颜衰变，不必为之哀。四十亿年里，故旧尽枯骸。

尔不语，将白纸，洒长街。身多暗影，如我眸底有阴霾。大地无非一家，宇宙原来一梦，尔亦一尘埃。在世但须饮，入我盏中来。

2016年7月21日

临江仙·问吴不可

你在外婆家怎样？外婆说你真忙。狗猫群里已称王。拿竿戳月亮，徒手逮蟑螂。

看见车来常大叫，车过眼泪汪汪。视频通了喜洋洋。妈妈和爸爸，小板块中藏。

2016年9月1日

夜　倚

于栈难成梦，持烟倚小窗。
航灯撕夜幕，山影压秋江。

宇宙身千叠，歧途脚一双。
闭帘归枕去，月色不堪扛。

2016 年 9 月 13 日

2017 年

双双燕

山城静默，有零落街灯，冷芒如匕。森严柏影，风动自相嬉戏。四下虫声暗泣，月苍白、如悬纸卉。火柴照亮沧桑，旋被浓烟藏匿。

无寐。秋真至矣。与人入中年，一般滋味。蓝莲花杳，此刻不知凋未？旧我停留旧址，试邀取、来图共醉。重帘隔绝空茫，薄枕延伸孤寂。

2017 年 9 月 16 日

浣溪沙

已暮光阴未夜天，长街饮罢暂流连。喧嚣深处觉孤寒。
多少情怀风里老，些微灯火雨中鲜。未妨诗酒度余年。

2017 年 9 月 20 日

三　　色

因有三原色，阳光何温暖。

煦煦洒花园，花朵多鲜艳。
红色赤子心，亦如新针眼。
黄色金童年，亦如做体检。
蓝色是海洋，心事悄沉淀。
长长望远镜，啥都能看见。
一帖激浪花，国人沸怒怨。
众帖如叶悬，北风悉吹散。
底层固艰辛，仿若成习惯。
故而各奋斗，努力成中产。
奶粉尿不湿，衣帽瓶与碗，
皆从国外购，唯求康且健。
择园复择班，一年需数万，
数万亦何惜，莫输起跑线。
阶层代以传，艰辛避之远。
忽知三原色，调和为黑暗。
于此黑暗中，无谁能独善。
盛世莫须言，盛世如你愿。

2017年11月24日

2018年

别　　有

风雨声中节令迁，繁华洗尽剩青山。
人生别有纷纭事，不到归尘不得闲。

2018年4月11日

此　　城

淡淡秋风中，昏昏小城里。
出门复入门，每日依定轨。
更注保温杯，颓然入藤椅。
夕阳流老红，楼街漫锈水。
嚣嚣街声浮，沉沉暮色起。
灯火织繁华，收容悲与喜。
我生于此城，既长于此地。
纷纷诸旧我，悉于此中汇。
我祖亦少年，深埋此土底。
我父久奔忙，须发已凋敝。
我儿稚且顽，巷闾时游戏。
巷梧飘如纸，巷梧萌如米。
堤柳枯如铁，堤柳柔如袂。
一岁若一时，一时如一岁。
纵在天之涯，便在此城内。

2018 年 10 月 6 日

与吴不妥

尔因不意来，实因宿缘至。
尔母梦龟蛇，大母梦男子。
落地八斤余，索乳啼不止。
一食百毫升，一日五遗矢。
同时尔兄衣，于尔窄难试。
兄瘦偿于尔，礅礅小胖纸。
见人长憨笑，流涎漏两齿。

当我逗言时，咿呀如答此。
心广体自胖，抱尔如磨盘。
扳亲唇与脸，扭避如相嫌。
为尔唱儿歌，拥尔将琴弹。
偶然抽烟时，伸手捉香烟。
尔兄怜且妒，尔兄妒且怜。
有时轻打尔，尔泪莫涟涟。
尔与尔之兄，父母之永爱。
尔长偎母怀，我亦思同在。

2018 年 10 月 29 日

浣溪沙·妻生日，我不得归，以寄

心愿无非似上回，烛苗留与小儿吹。笑容漾满水晶杯。
一面红旗终不倒，数丝白发莫相催。夜深聊以视频陪。

2018 年 11 月 6 日

金缕曲

夜色严如裹。我穿经，一些雨水，一些灯火。落叶沿途封记忆，却被无心踩破。且直面，躲无从躲。便点香烟温故事，似未完，似未曾来过。真或幻，两皆可。

世间无路无颠簸。莫彷徨，那些街口，右还是左。莫管人生薛定谔，莫问循环因果。莫将泪，与谁轻堕。走到尽头仍暴走，纵冲开、宇宙之枷锁。走不出，我之我。

2018 年 12 月 6 日

读书杂感

上智下愚无所如，中人既见乱之初。
星河久仰思三体，瓢饮长持读四书。
铁屋不开何必唤，豆田将没正当锄。
千年血雨经眸过，茶在壶中我在庐。

2018 年 12 月 18 日

2019 年

彻　　夜

大城灯火剩磷磷，此刻无眠恰此人。
彻夜执烟兼执酒，中年忧道亦忧贫。
荒唐往事须千古，潦草生涯待一新。
行路难兮何处适？高窗孤影久梭巡。

2019 年 1 月 15 日

公无渡河

久临清流，非濯非钓，从容渡之，痴然含笑。公无渡，公无渡，牵之不及唤不顾。始见青丝一朵浮如荇，终不知躯兮捐何处。风不生，波不起，蒹葭采采露未已。伊人宛在似可从，公不知兮心有所耽即弱水。我将去，不复还，一双浊泪祭微澜，河伯其将公之尸于忘川。

2019 年 2 月 23 日

定风波·夜行

穿过深冬到浅春，稀灯如朵月如痕。巷尾街头皆是我，颠簸，三生交织在红尘。

细雨飘来纷若舞，凝固，一枚春雪落围巾。遥想妻儿应熟睡，恬美，常年互是梦中人。

2019 年 2 月 27 日

入　　城

河痕山影杳参差，角落香烟次第持。
渐有稀灯镂回忆，绿皮车入小城时。

2019 年 3 月 3 日

有　　无

零维无有无，一维乃无隙。
二维始周旋，所经平且易。
三维相交通，坐标皆可逆。
人生四维中，熵增无能避。
五维于梦间，往事竟重历。
跌醒于四维，三维泪沾臆。

2019 年 3 月 13 日

观《昼颜》代为男主作（四首选三）

琐碎之生活，熟悉之街市。

背影常疑君，回认皆不是。

赠人百首诗，与人万千吻。
偶然言及君，喉头忽一紧。

欲生亦无聊，欲死亦无病。
愿君长幸福，愿我忽不幸。

2019 年 4 月 3 日

浣溪沙

竹笋椿芽已厌尝，檐声几夜拟秋凉。东风扫出落花香。
连日偷闲凭小恙，一时怀远倚高窗。大城灯火自茫茫。

2019 年 4 月 12 日

夜深闻旧歌

声如夜雨落山城，回忆未销心已平。
对唱专曾避广岛，不知相避是余生。

2019 年 6 月 27 日

望海潮

醉中寻梦，梦中寻醉，醒来独对空茫。雨让晓星，灯销夜幕，清秋占据他乡。难得是新凉，未飞花溅泪，落叶撩伤。汽笛声遥，山前如格过车窗。

二三子各何方？想游尘土梗，误了红妆。笔墨风流，行藏恣肆，换来两鬓微霜。休去管前程，这熙熙人世，不值奔忙。此后春秋有几？自把掌纹量。

2019 年 8 月 29 日

刘如姬诗词编年集

作者简介：

刘如姬，笔名如果，福建永安人，公务员。中国作家协会会员、福建省诗词学会理事、《中华诗词》第十届青春诗会成员，出版个人诗词联集——《如果集》，作品散见于《中华诗词》、《诗刊》、《当代诗词》、《中国韵文学刊》、《星星诗词》等。作品多次在全国各大诗词联赛中获奖，如首届全国网络迎春诗词大赛风铎奖、首届谭克平杯青年诗词奖、第四届华夏诗词奖二等奖、第二届屈原奖词组十强、2013《诗刊》年度『子曰』青年诗人奖、广州光孝寺开山1794年暨开放30周年全国诗词大赛一等奖、首届刘征青年诗人奖特别奖等。

我的创作道路

与诗词结缘，纯属偶然。

我出生于闽中一个小山村，这里文风比较浓郁，爷爷农事之余常常作诗，至今还记得他用当地的方言——永安话来吟诗，音韵抑扬悠长，仿佛在唱一首深沉婉转的老歌。或许是耳濡目染吧，我自小就爱看书，求学之余也爱写点小散文，偶有“豆腐块”在报刊上发表，便由衷雀跃。毕业后返乡就业、结婚、生子，这种文学爱好便一直延续下来。

2004 年偶然逛进了网上诗词对联聊天室，看到有人临屏出句求对句，我觉得很有意思，便忍不住凑上前去对句。然后有联友指出：你的格律不对啊。于是就去看有关格律的知识。之后慢慢涉足一些诗联论坛，在学习论坛上诗联友优秀作品的同时进行诗联的创作。2007 年，北京青年诗社等 4 家诗社和中国诗歌论坛等 23 家网站联合举办“不信东风唤不回”——首届全国迎春网络诗词大赛，我当时在天涯诗词比兴论坛看到后，随手贴上一组辘轳体七律《两岸东风入柳青》，结果居然获了风铎奖，还有一两万元的奖金，颇有天上掉馅饼的感觉。2010 年我参加了在网上举办的第二届屈原诗词奖的比赛，入选词组十强，都准备订机票去颁奖现场了，结果主办方出了意外，此奖无疾而终，不能不说是一大憾事。2012 年我有幸参加了在辽宁大石桥举行的《中华诗词》第十届青春诗会，周笃文教授现场出题《咏大海》，限韵“十贿”，限时四十分钟，我侥幸以一首古风获得评委的全票，得了状元，之后陆续参加了线下的一些活动、赛事，也有一些收获，作品也收入一些集子中。2014 年还出版了个人的诗词联集——《如果集》。

曾写过这样一联：“但得诗书为我友，好抛烦恼到他乡。”回顾十五年与诗词为友的日子，大致可分四个阶段。第一阶段在 2004 年至 2005 年，属学习入门阶段，以在网上学习为主，包括格律的入门；第二阶段在2006年至2013年，属成长提高期，迎来自己创作中的一个小高峰；第三阶段在2014年至2017年，已形成相对较成熟的风格，也感觉到了创作瓶颈，并力求突破；第四阶段则是从2018年到现在，因为孕育二胎，鲜有时间和精力进行创作，基本处于停笔的状态。创作的诗词按内容主要分以下几个方面：

一是童谣式。2004年开始接触诗词对联时，我的大儿子还没两岁，十五年光阴弹指过，当时咿呀学语、蹒跚学步的大儿子一天天成长，从幼儿园到小学、初中，现在都上高中了。我的诗词创作也跟着我的儿子同步成长，作为一名母亲，这种情怀理所当然地投射到我的作品中，形成了充满母爱和童真的童谣式“小萌词”，或者说是“儿歌”。这些“儿歌”，不失赤子之心，因其所洋溢的童心、童趣和童话般的美感，深受小朋友的喜爱并得到诸多同仁的推重，被称之为“如果体”。如《浣溪纱·夏之物语》、《临江仙·豆豆狂想曲》以及孕育二胎之后创作的《西江月·小二宝之歌》等。

二是山水田园式。我的家乡在一个山清水秀、风景如画的闽中小山村，清代时这个五六百人的村庄就有书院九所。抗战时期福建省省会内迁至此，当时还成立了古典诗词社团——南社闽集，云集了诸多文化名人，在抗战的硝烟中创作了许多诗篇，形成了独特的抗战文化。家乡的山山水水和人文精神融入我的灵魂，付诸我的笔下，形成自然清隽的山水田园诗词，一些前辈也评价说这些诗词带有陶渊明、王维的色彩。如《乡居》、《登山》（组诗）、《乡村夏夜》、《浣溪纱·江南春》等等。

三是感怀式。所谓“为赋新词强说愁”，成长道路上的体验，青春的怅惘与忧伤，人生的理解与感受，如电光石火一般，转瞬即逝。这种微妙的体验宣泄于情感，付诸于文字，形成或忧伤或唯美或慷慨或悲凉的诗词作品。如《蝶恋花·往事》、《减字木兰花》、《虞美人·乙丑年秋深有作》、《沁园春·问》、《金缕曲》等等。

四是时政式。“文章合为时而著，歌诗合为事而作”，在网络化、信息化的时代，各种各样的时事新闻、人间世相、典型事件和场景充斥方寸，直抵眼前，引发感慨，从而形成直面现实、讽谕时事的作品。如《感事》、《闻雄安新区甫成立炒房客纷至有作》、《于欢案有感》等。这类作品也有一些，但大体上感觉要写好写出新意难度大，满意的相对少一些。

五是应制之作。主要是参加采风所创作的诗词以及一些诗词大赛的参赛作品，同时还有一些酬唱步韵之作，我通常戏称为“作业”。在写“作业”的过程中，诗友同题的精彩“作业”也常常会引发触动，激发灵感。如辘轳体七律《两岸东风入柳青》、《秋谒广州光孝寺》、《菩萨蛮·孝庄园外》、《喝火令·洪泽湖之夜》等。

袁枚曰：“性情之外本无诗。”“作诗不可无我。”我于诗词一道的所得多半来源于网上，既未接受过系统的教育，亦未曾有名家指导，与诸多方家相较，深感学识的浅薄。因此，在日常的诗词创作中，我比较注重从生活中寻找素材，去截取一个个细小而又生动的断面，并秉着“我笔写我心”的要旨，遵循“以意为先，循律而不拘律；与时俱进，知古而不泥古；用语要自然精炼，以平常语道不平常境”等原则进行诗词创作，并适当植入和借鉴一些现代元素，“求真、求新、求变”，实现古典情怀与现代感悟的有机结合，形成具有鲜明时代特色和个性特征的作品，希望能给读者一份简单而又温暖的审美愉悦。

谈到诗词创作经验，主要有三点与诸位分享。

一是求真。白居易说：“诗者，根情，苗言，华声，实义。”生活是诗歌创作的源泉，要用一颗本真的心去感受生活，触摸每一个鲜活的生命，形成饱蘸个人生命底色的真诗。我们笔下的事物应该是新鲜、活泼、生动和富有人味的，而不是剥皮仿前人意境的“假古董”。现在有一些不好的风气，有的成天伤春悲秋，无病呻吟，生生地愁成了林黛玉；有的明明唱和双方均不过二三十岁，偏在诗中自叹“头双白”，称“老夫”，写一堆假大空的东西，为赋新诗强装老……这些作品虽然语言也美，典故也不少，但读多了味同嚼蜡，就像是五颜六色的塑料花，虽然鲜亮，但终归没有灵魂。

二是求新。欧阳修说：“诗家虽率意，而造语亦难。若意新语工，得前人所未道者，斯为善也。必能状难写之景，如在目前；含不尽之意，见于言外，然后为至矣。”一方面题材要新，要与时俱进。随着时代的日新月异，我们的生活发生了翻天覆地的变化，我们今天用着电灯，无须像苏轼一样“故烧高烛照红妆”；开着汽车，坐着火车、飞机出行，无须像马致远一样“古道西风瘦马”；住着钢筋水泥铸造的高楼，无须像杜甫一样悲歌“茅屋为秋风所破”……而我们的诗词与生活息息相关，如何去解读、剖析生活中新题材、新语汇，将当代语境和元素植入我们的古典诗词，使其在诗中圆融自然、生动形象的表达，是我们当前诗词创作面临的一个比较突出的问题，也是我努力的方向。另一方面是立意要“新”。所谓“意在文先”，除了由表及里开掘事物的深层意蕴外，还可以打破思维定式，获得新的意蕴。如本人在《感事》中写北京雾霾，后两句是：“愿抓一把闽山绿，洒向京华作邓林。”除了巧用“邓林”的典故外，从闽人这样一个独特的视角和方位审察和思索客观事物，表达了对生存条件恶化的深沉忧虑和企盼世人生活幸福的真诚祈望，形成了一个崭新的立意，也得到了方家的肯定。

三是求变。何谓“变”？如何“变”？我觉得可以适当借鉴现代诗、散文、微型小说、儿歌、民歌等表现手法和语言模式，在诗词中植入和融汇新元素，使传统诗词在现有的范式内有所突破，增强诗词的审美愉悦和张力。如《浣溪纱·夏之物语》就是借鉴儿歌写法的作品；《西江月·六月》中的“竹影扫描六月，蛙声褶皱阳光”就是借鉴新诗语境的作品。另一方面可以口语入诗，俗语入诗，以浅近的语言表达尖锐的艺术感受。如“燕尾裁斜三月雨，鸭头余出一溪春”（《浣溪纱·江南春》），“余出”既是口语又是俗语，然用在此词中，既形象生动又自然流畅，就像曾峥点评的：“‘裁’、‘余’二字极尽烹炼而不觉其刻。”因为我比较注重从新诗、口语等体裁中提炼、汲取养分，追求语言“陌生化”的效果，所以有的学者在论述诗词流派时也把我归入“新派”。

清项莲生有云：“不为无益之事，何以遣有涯之生？”弹指一挥间，学诗已十五年了。至今还记在网上临屏学联、发帖学诗的日子；记得诗词习作在报刊发表和获奖时的喜悦；更记得在平平仄仄的诗词之路上诸多师友的关心、帮助和鼓励……可以说，诗词不仅给我平凡的生活带来别样的精彩，更反哺我的心灵，陪伴和激励着我在人生之路上奋然前行，在我面对困难和挫折的时候，赋予我执着前行的勇气和力量。诗海无涯，诗心有翼，今后我将继续坚守诗词这方净土，存赤子之心，写性灵之诗，做天真自在一诗人。

2005 年

有　忆

溪边老榕树，月下白衣衫。
谁人曾共我，坐到夜深蓝。

2005 年 7 月 8 日

乡居即事

钓　归

收钓芦花浦，斜阳入翠微。
问余何所获？满载晚霞归。

星　夜

星夜风如水，闲庭栀子香。
虫声相应和，也共话家常。

2005 年 7 月 18 日

山　景

古木横幽涧，鸣禽倏尔还。
寂然人去后，花落满春山。

2006 年 1 月 13 日

夏夜（今韵）

云似轻纱月似灯，芭蕉阔叶卷凉风。
小睡起来花影乱，推窗一片促织声。

2005年8月3日

2006年

自寿兼自遣

我有幽怀不可招，生涯懒问惯逍遥。
携琴未老青山约，负手独听沧海潮。
岂为营营屈脊骨，宁甘澹澹友渔樵。
适逢庾岭梅开日，坐与春风酒一瓢。

2006年2月2日

永　　夜

永夜风初定，萧窗客独醒。
相看一眉月，小立满天星。
抱影轻衫薄，骋怀远嶂暝。
谁家CD彻，犹响《梦驼铃》。

2006年2月4日

采莲歌

咫尺星河夜空里，美人采莲湘江水。
湘裙碧兮湘水清，更撷夏星缀裙尾。
采得莲花莲曲长，莲舟一棹下横塘。
横塘十里凌波路，家在桥东燕子坞。
一声犬吠到桥头，伯劳惊飞乌柏树。
耿耿星河夜迟迟，风露清宵念阿谁？
与君三月初相见，垂杨掩映桃花面。
纵有依依说不得，春风春雨双飞燕。
与君六月长相知，磐石无转苇如丝。
冬雷夏雪乃敢绝，采采莲开并蒂枝。
与君十月遽相别，执手泪眼语凝噎。
西风凋尽干荷色，回望千山枫似血。
一别经年胡不归，采采芙蓉芳袭衣。
在水伊人颜如玉，为君清歌勿相违。

2006 年 4 月 8 日

蝶恋花·初见 （今韵）

谁复为撑油纸伞，乱雨纷纷，湿了麻花辫。到底愁肠能几转，心弦已被秋拨断。

长忆风中裙一挽，眉眼盈盈，共那星光粲。曾在耳边说永远，人生若只如初见。

2006 年 4 月 26 日

浣溪纱·夏之物语

一

旋转全家小太阳，爱听故事几箩筐，夜深却怕大灰狼。
童曲哼来蓝月亮，繁星缀满梦衣裳，梦中可在捉迷藏？

2006 年 4 月 28 日

二

芦叶轻吹芦曲长，帽檐斜扣脚丫光，垄头躺着放牛郎。
知了催眠老榕树，蜻蜓掠过小荷塘，清圆漾漾水中央。

2006 年 5 月 25 日

三

隐隐轻雷挟电光，积尘簌簌坠横梁。何时群蚁上南墙。
千朵水花开雨殿，一波田叶涨荷塘。青蛙唱响夏天堂。

2006 年 5 月 25 日

四

拾起蛙声入梦乡，童谣荡过老桥梁，儿时脚印一行行。
风语叮咛花骨朵，星眸闪烁夜橱窗。银铃街口响丁当。

2006 年 5 月 26 日

五

垒个沙堆就是家，采兜桑葚味堪夸。红红脸蛋笑开花。
天上一窝云朵朵，河边几个脚丫丫。手中闲钓篓中虾。

2006 年 5 月 26 日

六

木屐歪歪雨点轻，出门偏向浅洼行，哗啦溅起亮晶晶。

红伞撑开花世界，清溪跳动小精灵，有时举手捉蜻蜓。

2007 年 3 月 2 日

七

榕树爷爷胡子长，蜻蜓小姐舞纱香，草间窝着屎壳郎。

雷鼓一声花雨落，蛙鸣几处竹风凉。老农隔岸刈烟光。

2014 年 2 月 11 日

南乡子

一　回乡

小巷入江村，青石回声日影昏。触耳乡音牵乱绪，谁人，唤我初名笑语温。

庭草碧侵门，蛛网张檐案积尘。屋后手栽青楝树，回春，不见儿时旧画痕。

2006 年 6 月 2 日

二　登山

轻屐向山行，袖底松风涧底声。欲倚虬枝闲入定，旋听，白鸟斜抄偶一鸣。

云影半溪明，簇簇游鱼唼落英。掬得空灵澄百虑，盈盈，鉴我双眸澈比星。

2006 年 6 月 3 日

三　逛街

商厦久流连，时尚风情炫万端。雪纺长裙飘缎带，轻旋，一袭凉生幻白莲。

音乐出喷泉，熙攘行人向水边。漫饮鲜橙阳伞底，杯间，倒影长街漾远天。

2006 年 6 月 4 日

2007 年

两岸东风入柳青 （辘轳体）

一

两岸东风入柳青，春雷阵阵唤春醒。
催来好雨轻滋物，荡去阴霾频促耕。
冰笋破泥山欲动，电光裂宇夜难宁。
天公一展淋漓意，始向人间鸣不平！

二

连天丝雨乍开晴，两岸东风入柳青。
燕尾剪开春无际，蝶衣绣得花满庭。
拾来野趣添诗趣，听取虫鸣伴鸟鸣。
共我笼归香一袖，轻雷隐隐不须惊。

三

乍起黄鹂四五声，花开次第满江城。
一襟红雨袭人醉，两岸东风入柳青。
豆蔻梢头春楚楚，烟波桥畔杏盈盈。
生绡数幅真颜色，直欲裁来作画屏！

四

堤前匀翠草初萌，绛伞如花缘径生。
画舫轻移云畔影，野凫互理颈边翎。
一篙春水溶山绿，两岸东风入柳青。
闲钓不知天欲暮，清波几处载红英。

五

灼灼桃花含露馨，蜂争蝶戏趁初晴。
一犁酽土兰芽勃，十里微波燕足轻。
海峡已开新气象，螺山方露小峥嵘。
春归何处无须问，两岸东风入柳青。

六

两岸东风入柳青，春潮昨夜涨堤平。
一江烟雨闲蓑笠，几树参差绕燕莺。
胜日更思云水约，浮生未许鹭鸥盟。
何如也效子陵钓，赚得草间蚯蚓鸣。

2007 年 3 月

南乡子·夜归

错过末班车，漫步长堤曳影斜。静水幽蓝轻漾梦，无邪，最是梢头小月芽。

夜翼薄于纱，彼岸高楼此岸花。许我温柔灯一盏，归家，电视新闻普洱茶。

2007 年 6 月 5 日

浣溪纱·江南春 （选三）

一

竹笛斜吹袅袅风，夭桃几处探春红。双飞燕在小桥东。

十里垂杨流水上，一肩微雨落花中。烟波深处棹乌篷。

2007 年 3 月 2 日

二

澹澹芳菲四月天，溪山换了旧容颜。兰舟撑出柳如烟。

陌上春风双燕子，花间笑语一秋千，凝眸故垒又经年。

2009 年 3 月 11 日

四

夹岸黄杨绿到门，拱桥倒影棹边分。橹摇云水入烟村。

燕尾裁斜三月雨，鸭头氽出一溪春。谁家稚子学垂纶？

2010 年 5 月 31 日

定风波·网事

流水桃花各自春，鼠标轻点几留痕。长夜无言高挂起，未许，屏前一梦老天真。

虚拟空间游戏矣，重启，惘然我亦网中尘。好友隐身遥万里，知否，不过熟悉陌生人。

2007 年 6 月 18 日

无　　题

莫把吴钩莫拍栏，闲愁同我自无关。
才虽八斗拘于势，命不百年论与棺。
蝼蚁生涯催白首，庙堂心事许青山。
诗狂欲作骑鲸客，直御长风揽月还。

2007 年 6 月 21 日

秋　　暝

秋江余夕照，影落掠沙禽。
云涨芦花浦，风生松叶林。
扁舟犹待月，流水亦知音。
一棹知何往，清歌入远岑。

2007 年 7 月 9 日

减字木兰花

一

长风猎猎，独上高楼衣胜雪。夜幕垂垂，阒黑无垠裹四维。

此心郁郁，身与流星同殒灭。大梦颓颓，亘古荒凉我是谁？

2007年7月27日

二

此身如寄，牢落天涯归也未？冷月楼头，负手苍茫万里秋。

等闲滋味，典当斯文能几醉？愁损庾肠，断续蝉声夜未央。

2007年8月2日

夜（新韵）

红日沉山脊，溪风送清爽。
呼子携足球，星光笼草场。
行人两或三，意态多闲状。
与子戏相逐，嬉闹呵其痒。
垂柳扶清风，夏虫鸣交响。
望子笑嫣然，手挥萤光棒。
潺潺水和弦，脉脉风吟唱。

并子枕青堤，灯影波光漾。
斗杓隐深蓝，中天明月朗。
之子履清辉，高低影相傍。

2007 年 9 月 25 日

蝶恋花·往事

纸伞江南烟雨巷，水墨人家，欸乃催双桨。依曲数声波影漾，乌蓬摇过莲花港。

藤蔓青青檐结网，墙角秋千，还在吱呀晃。年少情怀余怅惘，时间定格秋千上。

2007 年 11 月 8 日

无　题

一

深蓝天幕月幽微，断续鸣虫栀子肥。
谁着白衣光影里，沉眸如海聚星辉。

二

懵懂情怀不可追，青春褪色谢荼蘼。
倾情一曲同桌你，曾抱吉他弹与谁？

2007 年 12 月 6 日

2008 年

望海潮·有怀

凉生清露，潮生心海，中宵独立幽斋。银汉在天，金风在野，鸣虫偶至窗台。有叶落西阶，叹浮生若梦，渐老形骸。短笛吹寒，更催寂寞叠成灾。

于今已迴情怀。把闲愁抛却，只看花开。淡淡月光，萧萧竹影，举杯谁共天涯。且袖手纷纭，笑对流云舒卷，放鹿青崖。漫佐秋香一醉，也赋得归来。

2008 年 2 月 1 日

2009 年

沁园春·问

我本何来？我欲何为？我待何归？问广垠天地，谁能主宰？沧桑岁月，身化尘泥。露响空堂，星垂昊夜，逝者随风不可追。空怅惘，看繁华落尽，斜日沉西。

五湖云水应期，奈坠此纷纭难忘机。笑我歌我哭，我忧我怒，我痴成癖，我瘦如梅。我死何悲？我生何证？且纵形骸一醉之。三呼酒，共知交故旧，拼却深杯！

2009年2月7日

登　山

一

碧宇晴初放，危崖云未开。
烟生迷白鸟，径转滑青苔。
雪瀑龙头泻，天风足下来。
何能鼓双翼，率尔赴蓬莱。

2009年3月27日

二

日影投斑驳，飞禽划薄烟。
林深风澮澮，溪浅水涓涓。
丑石横生趣，虬枝斜入禅。
云来观自在，物我两悠然。

2009年3月27日

三

欲知摩诘意，拄杖访林泉。
风起答松籁，径幽丛杜鹃。
云中一回首，涧底半生烟。
何处梵声起，诸尘尽可捐。

2009年3月27日

四

好山留妙境，只待我相寻。
枕石得禅意，濯泉生静吟。
闲云游未定，野鸟去无心。
欲向更深处，斜阳已满襟。

2009年12月13日

乡村夏夜

桑麻话罢卧闲庭，天幕如绒缀夏星。
摇椅悠悠风未定，流萤点点夜初宁。
篱前竹影婆娑舞，草际蛩吟隐约听。
最爱清溪浮水月，一泓掬起梦晶莹。

2009年7月7日

西江月·夏

雨巷空阶纸伞，故居苔院篱笆。蜻蜓飞过小池些，风拂芰荷如画。

树下曾骑竹马，墙头犹挂丝瓜。声声何处响青蛙，演绎清凉一夏！

2009年8月7日

乡　　居

竹　　湾

浓枝遮日荫，虫语静中闻。
野水浮牛脊，天光漾白云。

2009 年 9 月 1 日

暮　　江

山脊红霞没，沙汀白鹭飞。
谁人徐御水，一棹乱金辉。

2009 年 9 月 7 日

前　　庭

影移葡萄架，香浮茉莉花。
枝头听蝉语，熟透了枇杷。

2011 年 8 月 30 日

黄　　昏

鸡鸣青石巷，犬出白柴扉。
农人鞭暮色，相与老牛归。

2011 年 9 月 7 日

秋登北陵①

秋谒北陵殿，芦花十里轻。

危崖瞰江曲，爽气荡胸平。
烟起争峰势，风来失鸟鸣。
白云遮不住，遥指永安城。

【注】

①北陵：山名，原清书院遗址，位于永安市吉山村村口。

2009 年 9 月 15 日

虞美人·乙丑年秋深有作

少年心事尘中老，莫问池边草。重楼霏雨转秋凉，梧叶萧萧谁再嘱添裳？

海棠愁倚浓云暮，别梦寻无处。玉箫吹彻夜阑珊，独背西风斑鬓不成欢。

2009 年 10 月 31 日

2010 年

金缕曲·次陈其年“把酒狂歌起”韵

负手长风起，背斜阳，苍凉意绪，都随流水。楼外青山犹未老，一啸难销块垒。且呼酒，醉忘生死。旧事纷纭杯里淡，笑平生，弹指成空矣。栏拍遍，歌难止。

孤帆此去人千里。怅天涯，飘萍聚散，徒增马齿。琴剑疏狂曾契阔，空忆浮瓜沉李。暮云积，堆愁如此。尘网营营休自缚，等闲身，盟与沙鸥耳。花雨下，漫敲子。

2010年1月9日

庚寅年春节回乡

一

村路行来垄亩青，新楼鳞栉看分明。
偶逢旧友携儿过，欲唤突然忘姓名。

二

春风不到旧庭台，阶草坛花各自哀。
东君别有怜才意，屋后先教木笔开。

三

溪畔古榕冠盖青，秋千几度荡曾经。
流光未老孩提梦，犹有旧痕枝上铭。

四

故园与我两萧萧，夜雨寒灯一梦遥。
去年风物依稀是，撑伞独听江上潮。

五

隔墙阿婶笑嫣嫣，递过时蔬色至鲜。
憨言皆是手亲种，地里青青不值钱。

六

好把心期各自装，年终压岁岁安康。

稚子不知阿堵物，红包争要喜羊羊①。

【注】

①句谓包压岁钱给小儿与妹妹的儿子时，两人争着要印有喜羊羊图案的红包。

2010 年 2 月

次韵黄仲则绮怀（选一）

重帘未卷隔寒轻，别有幽灯次第明。
纤指微凉风入袂，闲轩初静月萦情。
曾经霜雪山无恙，赌却青春梦不成。
一角阑干愁倚得，听残玉笛二三声。

2010 年 2 月 2 日

临江仙·印象，次春辉兄韵（选三）

西湖印象

小橹摇秋思绪，乌蓬载梦西泠。推开桥影碧波明。夕阳荷影瘦，归鹭荻花轻。

老去孩提记忆，青春变奏谁听？谁曾携手看流星？一襟风猎猎，一夜月同行。

绍兴印象

百草园中蟋蟀，咸亨店外吴歌。浮生三味莫蹉跎。当年桌上字，欲辨费摩挲。

世况谁为呐喊，激情风雨消磨。初心倦却梦如何？东湖桥下水，犹荡旧时波。

西安印象

寻找尘封历史，路逢鲜活牛羊。春风岁岁绿垂杨。繁华千载后，寂寞古城墙。

肃穆坑中秦俑，渊源一脉炎黄。陶埙吹梦向苍凉。兴亡皆有道，何必问时光。

2010 年 5 月 24 日

清平乐 · 夏夜

一

夜澄如水，四野虫声脆。蒲扇摇来风细细，闪闪繁星欲睡。

月儿爬上林梢，阿婆唱起歌谣。隐约清溪渔火，稻花香到浮桥。

2010 年 9 月 8 日

二

蛙鸣渐止，四野都沉睡。十里荷香风欲醉，漫惹微漪泛起。

清宵暂得清欢，生涯只剩惘然。到底天涯相忘，相期各自平安。

2010 年 10 月 2 日

清平乐 · 山楂树之恋

纯真小鸟，一去无回了。记得初逢春未老。衣上落花多少。

天涯芳草斜阳，单车骑向何方。谁与山楂树下，那些青涩时光。

2010年10月18日

山居冬日

近午云犹积，前溪冻不舒。
有风鸣盖瓦，无事罢耕锄。
木落千林薄，雪余三径疏。
忽闻邻犬吠，远客至山庐。

2010年12月9日

2011年

是夜有感

儿时未解祷平安，到底平安祷亦难。
生死于今看已惯，一轮孤月射清寒。

2011年3月3日

母亲节有感

为妻为母十年灯，为宦为诗两不能。

寄语吾儿多努力，风光总在最高层。

2011 年 5 月 9 日

临江仙·豆豆[①]狂想曲

天上繁星光闪闪，分些给我何妨。摘来串串挂纱窗，夜来争眨眼，风过响丁当。

最好眠于云朵里，梦中摇上天堂。桂花树下有吴刚，嫦娥真漂亮，玉兔捉迷藏。

【注】

①豆豆：吾家小儿也。

2011 年 5 月 11 日

念奴娇·用春辉兄韵

十年灯火，又鸥翔云白，槎分波碧。岁月滩涂寻履印，潮过了无痕迹。日系斜桅，霞镂剪影，天幕收于寂。谁吹螺号，夜阑犹响梦里。

念昔湖海疏狂，觞花赋月，唾壶漫相击。荏苒光阴流指隙，莫问故人消息。巷雨沾襟，廊风乱绪，况听山阳笛。怅然如许，万般都作深忆。

2011 年 7 月 21 日

七歌——辛亥百年祭

有邦有邦哀多艰，天柱倾颓遍狼烟。维新难挽沉沦起，列强肆虐瓯不圆。满目疮痍无限泪，谁能解民于倒悬。噫乎一歌兮歌悲切，长夜如磐不见月。

有山有山黄花岗，七十二士赴国殇。慨掷头颅匡社稷，血沃羊城侠骨香。大业未竟身先死，草木同悲浩气长。噫乎二歌兮歌壮烈，战鼓欲震乌云裂。

有枪有枪响武昌，首义功成势无双。百战神州摧腐朽，共和初缔放光芒。斧拆鸿蒙启民智，炮轰鞑虏求自强。噫乎三歌兮歌激越，青史翻开新一页。

有党有党诞南湖，红船载梦道不孤。星火燎原辟天地，旗卷腥膻继俄苏。八载金戈驱鬼魅，中原逐鹿展宏图。噫乎四歌兮歌不断，舟经风雨达彼岸。

有国有国缔北平，醒狮一吼举世惊。华表龙蟠新气象，英雄碑勒旧峥嵘。长使炎黄归一统，奋兴“四化”迈征程。噫乎五歌兮凌霄汉，戈壁腾云冲“两弹”。

有潮有潮涌春天，改革春风惠大千。国行两制归港澳，梦圆奥运耀五环。举国欣欣迎世博，辉煌时代在眼前。噫乎六歌兮声欢畅，神七遨游白云上。

百年沧桑一弹指，百年人事纷如此。巨龙崛起忆先贤，碧血丹心彪青史。郊衢击壤话和谐，涛生南海风未止。噫乎七歌兮心激荡，未来还需吾侪创。

2011 年 7 月 26 日

踏莎行·夏

一

蚁聚窝窝，藤爬架架，雀儿寻食台阶下。秋千墙角响吱呀，随风荡过春和夏。

摇柄扇儿，说些闲话，曾经竹马迎花嫁。庭槐记得手亲栽，已繁枝叶青如泻。

2011 年 8 月 11 日

二

影驳槐庭，蝉鸣檐瓦，蜻蜓飞上葡萄架。前坪稻谷晒金黄，鸡雏偷食阳光下。

墙脚蜗眠，墙头瓜挂，幽居茉莉香无价。芭蕉叶底梦清凉，一泓青绿风如泻。

2011 年 8 月 15 日

辛卯中秋前夕赴湖头参加同学会有作

别来二八载，几度梦湖头。
人事隔沧海，情怀羡白鸥。
慈园一杯酒，明月十分秋。
过往成追忆，青春不可留。

2011 年 9 月 12 日

2012 年

春日偶成

谁擂战鼓驷苍螭，九域沈沈拥电麾。
蛰伏虫蛇方梦觉，复苏红翠尚参差。
长天欲雨风云会，大地回春草木知。

上国今开新气象，京华冠盖乐雍熙。

2012年3月15日

咏大海

赴辽宁大石桥参加中华诗词第十届青春诗会，即席拈得周笃文老师出题咏大海，限韵“十贿”，限时四十分钟。

在宇仰星空，在野慕大海。
有容纳百川，笃新恒无怠。
白浪卷金沙，白鸥何自在。
蔚蓝入广垠，澎湃如有待。
欲携长风来，片帆沐霞彩。
纷扰不须论，真我为主宰。
人世幻桑田，襟抱终不改。

2012年6月2日

登冠豸山

冠豸且同攀，明湖澹一山。
簪青峰映秀，飞白鸟啼关。
雨霁岚烟定，风徐涧水闲。
陶埙云外起，吹梦向斓斑。

2012年6月22日

喝火令·洪泽湖之夜

红藕银鱼戏，青萍白鹭停。縠纹细细暮烟凝。谁在绿杨堤岸，蓑笠一竿轻？

月上明如镜，潮生卷似绫。鹢舟何处枕云汀？一夜风清，一夜度流萤，一夜涛声渔火，摇落满天星。

2012年9月17日

酒　　歌

天地之间独爱酒，但得好酒如好友。好友焉能日日随，好酒直可长相守。五谷精华萃一瓮，封贮岁月香醇厚。世味凉薄此味浓，人情易淡此情久。三杯饮罢眼生花，醉通大道趣独有。噫乎，何以佐诗唯有酒！李白斗酒诗百篇，自称臣是酒中仙。东坡把酒问青天，御风赤壁一舟。唐寅酒醉花下眠，半醒半醉年复年。噫乎，何以解忧唯有酒！孟德对酒想雄图，胸怀天下指东吴。阮籍酒后哭穷途，酩酊而返梦不孤。乐天温酒小火炉，晚来共饮一杯无？噫乎，平生快意唯诗酒！更拟疏狂了闲愁，古今万事一杯休。拼将大盏何妨醉，也效圣贤足风流。湖海生涯共诗酒，酒酣诗畅复何求！

2012年10月1日

壬辰初冬闻贵阳毕节垃圾箱闷死五儿童

新冬亡五子，故事忆三毛。
流浪归何处？天堂路亦遥。

2012年11月23日

2013 年

灯下看老照片

照片泛昏黄，青春成怅惘。
当年那首歌，还在耳边响。

2013 年 1 月 8 日

踏莎行·乌镇印象

墙耸乌檐，柳开青眼，风来溪畔晴丝卷。橹摇烟水过横桥，萍添桥下涨痕浅。窄巷幽幽，流光缓缓，邻家谁拍红牙板。弄堂深处酒旗斜，一篱花影斜阳半。

2013 年 1 月 8 日

清平乐二首，用独孤食肉兽兄韵

踏　青

雨停风歇，翠色流如叠。垄上禾苗青几列，齐待春来检阅。

一犁酽土新耕，一堤细柳初萌。一角琉璃乍碎，鸭头氽出浮萍。

2013 年 3 月 4 日

归　人

夜帷轻覆，穹顶星如绣。堤畔流萤飞左右，送我微茫一豆。

月舟摇向云尖，草虫细语难谙。彼岸灯眸渐合，几人梦入深蓝？

2013 年 3 月 6 日

天仙子·簪花百花村

秾艳满园谁主宰？烟紫露红浑未艾。娉婷偎在嫩凉中，轻一睐，羞倾盖，朵朵晕生如有待。

前世误卿三百载，今日遇卿偿宿债。盈盈簪向鬓云低，相映带，相亲爱，相约此生风雨外。

2013 年 3 月 31 日

汀江二首

汀江春日

溶溶一水柳婆娑，拂面风清景趣多。
时有劈波飞艇[1]过，绿琉璃上掷银梭。

江畔老榕下有一石枰，毛、朱曾在此对弈

一度风云涌大千，石枰斑驳昔如烟。
老榕应是真君子，局外默观多少年。

【注】

①飞艇：上杭城区汀江段为福建省皮划艇训练基地。

2013 年 4 月 25 日

一萼红·登临江楼，次白石韵

步城阴，有斯楼枕水，芳草向檐簪。寥廓江天，苍茫世事，莫问千古浮沉。局已竞、石枰犹在[①]，春未老、何处掠鸣禽。野渡榕青，幽阶苔碧，且共登临。

回首烽烟故国，想是非成败，敢负民心？梦里闽山，壁中题句，战地今我重寻。望中流、谁人竞舸，又风起、岸柳漫摇金。待约春风词笔，来赋春深。

【注】

①石枰犹在：毛泽东在临江楼赋《采桑子·重阳》，楼畔老榕下有一石枰，毛泽东、朱德曾在此对弈。

2013 年 5 月 8 日

风入松·初秋新雨，用独孤食肉兽兄韵

爬山虎满木轩窗，青翠尾巴长。风随竹影来檐角，又吹皱，秋草池塘。半亩残荷留韵，一阶微雨生凉。

谁人蓑笠石桥旁，独立钓苍茫。山披烟雨形容淡，看些回，牛鼻浮江。云外雁排人字，小村烟抹诗行。

2013 年 9 月 19 日

感　　事

新闻又报北京连天雾霾，时人多戴口罩上街。又闻有欲售新鲜空

气者。

口罩屏前殊可亲，如何佳气亦论斤？
愿抓一把闽山绿，洒向京华作邓林。

2013 年 9 月 27 日

菩萨蛮·题埭美

篱笆未设春随意，小舟三两摇波翠。榕下憩流光，蝶扇何处香？

微风油菜地，叶底虫儿睡。翁媪话家常，夕阳红瓦房。

2013 年 10 月 17 日

蝶恋花·春游龟山

归家见有鸽群飞过，想起豆豆幼时，带他春游龟山公园的情景。

梨杏初开春小小。袅袅垂杨，青到龟山岛。却问春声谁报导？枝头已唱黄鹂鸟。

草地茸茸奔宝宝。暖暖阳光，满在眉间跳。如洗蓝天鸣鸽哨，鸽群飞向云怀抱。

2013 年 11 月 7 日

减字木兰花·深秋有雨

谁撑花伞，汇向溟濛归缓缓。那朵情怀，遗落深秋不肯开。
凝眸街左，不复当年青涩我。到底青春，不敌光阴一转身。

2013 年 11 月 14 日

2014 年

踏莎行·山行

且听松吟，且招鹤友，且行且住风盈袖。逃禅且枕石根眠，清泉一勺浮岩岫。

有月邀杯，拿云下酒，花前对酌花依旧。且同山鸟话悠然，茫茫天幕星如豆。

2014 年 3 月 5 日

西江月·六月

竹影扫描六月，蛙声褶皱阳光。蜻蜓蘸过小荷塘，惹得波心轻荡。

稻簇梯田初穗，花镶野径犹芳。垄风肆意绿铺张，青到白云之上。

2014 年 4 月 30 日

临江仙·雨后

雨露晶莹碧嶂，鸟声湿润白云。风来天外不沾尘。闲花张笑脸，朵朵乐天真。

漫拾枝头童话，堪怜屐底苔痕。时光雕刻树年轮。枕泉方一憩，石火梦中身。

2014 年 7 月 25 日

渔家傲·暑假后，豆豆升初中了，比我高了

记得当年儿小小，眠于襁褓微微笑。过隙马驹[1]身渐娇，扬鬃啸，奋蹄初露峥嵘貌。

倏已比吾高不少，有些懵懂添些闹。儿今欲行千里道，多动脑，堂前课业存其妙。

【注】

①马驹：吾儿豆豆属马。

2014 年 10 月 14 日

2015 年

菩萨蛮·孝庄园外

罕山夜色黏如蜜，星光篝火相洋溢。谁与跳锅庄？牧歌飞大荒。

支颐风渐寂，我渺如砂粒。无语对暝茫，穹庐一梦凉。

2015 年 9 月 2 日

2016 年

减字木兰花·题钟振振教授摄影作品《新疆伊犁喀拉峻草原》

天蓝不垢，拈朵白云来下酒。大野青青，撒落牛羊点点星。

谁同跑马，溜溜山头人入画。何处清笳，小憩灵魂便是家。

2016 年 2 月 22 日

浣溪沙·五店市

一

红瓦红墙老地方，光阴故事此中藏。南音雕栋各沧桑。
巷里无人骑竹马，街头有客负诗囊。红尘小憩又何妨。

2016 年 4 月 28 日

二

承载乡愁老地方，重楼剪影泛昏黄。曾谁檐下望星光？
不见当年油纸伞，欲凋深巷野丁香。春风步履太匆忙。

2016 年 5 月 4 日

秋谒广州光孝寺

何处疏钟破寂寥，伽蓝烟袅若相招。
风来虞苑经幡动，路转诃林塔影遥。
粤岭芦飞晴带雪，珠江渔唱晚生潮。
千秋兴废皆陈迹，笑看尘间覆鹿蕉。

2016 年 10 月 19 日

2017 年

桃　　花

枝上小娉婷，东风吹欲醒。
崔郎辜负了，哪朵是曾经？

2017 年 3 月 22 日

山　　景

野鸟偶一鸣，苔阶风不定。
白云去复来，绿萝满山径。

2017 年 3 月 22 日

于欢案有感

信是男儿血未寒，刷屏沸沸说于欢。
承平屡有不平事，珍重人间行路难。

2017 年 3 月 28 日

闻雄安新区甫成立炒房客纷至有作

时代起风云，雄安待鼎新。
先来朝圣者，仍是炒房人。

2017 年 4 月 12 日

2019 年

减字木兰花·吉山一游

白墙乌瓦，门口枇杷黄了罢。那亩荷塘，预约蛙声一夏凉。

压畦禾穗，垄上翻风青似洗。掬把初阳，别有馨芬是故乡。

2019 年 4 月 22 日

西江月·小二宝之歌（今韵）

一

二宝一岁五个月了，调皮捣蛋，上蹿下跳，模仿大人跳舞学哥哥弹琴。

茶几上摇屁屁，楼梯间荡秋千，哥哥伴奏我兜圈，别老抬眸放电。

琴键按成交响，碗碟敲作和弦。摊开乐谱又翻篇，学个神情活现。

二

有时给二宝穿裙子，装成小女孩，漂亮漂亮的。

小马时骑驾驾，大头还戴花花。红裙扮作美娃娃，吻吻心都融化。

纸板书中彩画，白瓷盘上西瓜。恼人楼下数青蛙，镇日说啥闲话。

三

二宝最爱穿有白小兔图案的围裙，像小小炊事班长。

木铲拿来乱舞，钢盘端起先尝。下巴口水快擦光，没个大厨形象。

踮脚踱踱猫步，抬头指指冰箱。围裙穿上胜时装，别有呆萌模样。

2019年6月25日

夏婉墨诗词编年集

作者简介：

尹椿溢，笔名夏婉墨，『80后』，重庆人。重庆市诗词学会会员。2010年前后尝试旧体诗词创作至今，作品见于《诗潮》、《诗书画》等刊物，并得到中国诗歌网『诗词人物』的推荐，于网间结有《野仙子》七卷（2010—2018）、《拾玖》一卷。其间于新诗创作亦浅有涉猎，目前结有《寂寞的骄矜》、《怪谭》、《不春不食》和《吉士诱之》各一辑。

我的创作道路

约2008年初，我开始了以诗词为形式的写作。彼时对诗词尚一无所知，既不解韵，亦不通格律，每作一篇都须花大量时间校对平仄、斟酌措辞，至于谋篇布局等决定篇章好坏成败的更要紧事务，反在其后。有趣的是，即便在如此局促的情况之下，我依然没有对诗词写作感到丝毫的倦怠和厌烦，反而愿意持续地在上面耗费精力。这大概就是前人所谓的“不为无聊之事，何以遣有涯之生”吧。之于无甚常性的我，不带任何功利目的的写诗填词倒成了最有常性的一件事。与此同时，我竟然没有想过去找入门类的书籍来看，保持着劳心费力的状态直到2009年。是年，我在翻阅《唐诗三百首》时，大约“福至心灵”，突然对其中几首诗进行了横向对比，终于茅塞顿开，了解到格律就是规律，从此一只脚才算踩到了诗词的门槛。可以说，我的创作道路，是从近体诗开始的，而其后很长一段时间，却对其中律诗的写作敬而远之，这是入此道以后，由写作的深入、个人的性情气质所决定的，也是后话了。诗词写作的起手式，本质上是对规律、规则的运用。我的看法是研习者只有读得足够多，写得足够多的，才能更快更好地熟悉诗词的语境，掌握并使用诗词的语言——这里的语言绝不仅仅是词汇，而是包括了诗词的说话方式——相应地，我也是这样执行的。加之我个人的“体质”属于“脑洞型”，有想法，就有写作冲动，逐渐也有许多习作呈于网间，供诗朋词友一哂。可惜学养不足，进步甚微，至2012年初，已初见写作的瓶颈。

2012年，我偶然读到了吴藻（字蘋香，号玉岑子）的《香南雪北庐集》，对其作品中所展现的跳脱不拘、自信自在惊艳不已。这次际遇，实际上将我写作上的瓶颈撕开了一道口子，让我意识到写作不是求美，不是去逼近哪一种范式，而是运用一种形式，在这个形式的框架下，自由地表达自己。放下“包袱”的写作，才是真正的写作。如果说我第一次“福至心灵”是这条路上“精进”的第一层，那么认识吴藻，就是第二层，也是量变到质变的一层。从我自身的感觉，或者说体验来说，这一层是飞跃式的，直接将那个时候的我和我的作品，与之前的划开了。无论什么时候，当被问及最喜欢的诗家词家，我都会首先提到吴藻。是她提携我在诗词写作上走了一大步——这何异于知遇之恩？

再以后，又逐渐涉猎中唐上溯至魏晋诸家（我的阅读是逆向的），写作的风格在其中被打磨、糅合、提炼（然至今尚未成熟），写作的范围也得以拓宽。其间先后加入了铜梁诗词协会、重庆市诗词学会，亦于《诗书画》、《诗潮》等刊物上发表作品。写诗填词之于目今的我，变得像柴米油盐、三餐一宿一样，不可或缺，又稀松平常，截至此文定稿时，已重订个人诗词集《野仙子》七卷。

2010—2014 年

晶　　窗

隔巷观楼，恍若咫尺。探手晶窗外，欲摩烟雨楼。檐珠敲指骨，节节渗清秋。

雪　　人

故人新梦外，披雪坐无憎。
食指当空画，心花出六棱。

寄我江南春色一钵雪

君问何所酬，酬我梅梢雪。
从后一春江，身畔相清澈。
可以照画眉，可以浣尘屑。
最好种莲花，月月争拔节。
下有连丝藕，九孔同皎洁。
剖与故人知，孔孔住明月。

自　　道

一生多理想，惟恐不由衷。

食色和作死，睡余之所钟。

观　星

露台一天星，星星明又定。
慷慨与光辉，未及成我影。
方忆少年时，爱慕云空迥。
世界之于我，天文望远镜。
谁谓无理想，谁不叹曾经。
譬如风中籽，来时俱轻盈。
一旦安所遇，为生而发生。
沉睡和苏醒，旦夕一枯荣。
俯身复寒草，理想各为萤。
天星请张网，捕我死魂灵。

春　晓

蛛网罗风树底轻，二三珠雨罥新晴。
春窗昨夜多清响，许是梨花咳唾声。

闲　坐

褐羽冲云百啭清，春阴一霎换春晴。
空林坐久花铺满，几片和人弈石枰。

玉楼春·凝望

绒帘半挑偎窗眺，秋欲穿杯茶气袅。有人呵手送行舟，似我别君年貌小。

重城四黯和天老，圆日滑过烟水道。逆光亦着一衫青，久立西风如蔓草。

木兰花令·昔春过故居

小院夕光空酿碧，轻暖轻寒青石隙。芳草穗，嫩苔茸，浅浅深深春痕迹。

东风偶过无情绪，似个人儿幽不语。回头一瀑紫藤萝，水花肩上纷成雨。

减字木兰花·接雨

圆珠不拂，渐没寒肤清入骨。养到冬深，会有心花出我襟。

盈盈六萼，满路招摇终肯落。解脱成春，原是轻烟一转身。

2015 年

分猕猴桃

拾秋果，白云麓。行有花，憩有木。与君食，手余馥。悦宜双，欢不独。投银匙，报青玉。

采　杏

杏花开，多游客。杏花落，实满陌。劳君子，亲手摘。不欲食，不肯释。盈掌握，好颜色。如淑女，腮微赤。

巫　山

我慕巫山枫，我慕巫山霭。
也许巫山高，我往已成海。

退休以后

我拥半庭花，我蹈香如海。
日日对无聊，寂寂还相睐。
促狭美少年，经过恣攀采。
花亦在青春，宁不得珍爱。
素手金剪刀，绿檀白丝带。
承露束一握，轻放空阶外。
子若生喜欢，但携入晨霭。
或者递佳人，或者自相待。
窗风荡沉思，木坠随丝摆。
上有主人名，某某老太太。

与未谋面

渺渺失天空，来时翼已折。
云端不生死，尘境入虚设。

厌人近绝交，世情庸且拙。
唯有少年狂，中年犹未灭。
妄想纵横发，身事无可说。
百无一用者，徒许心怀烈。
昨夜北风回，寒极血忽热。
推窗意梅花，琼苞或恐结。
何以饮烈酒，举杯邀香屑。
何以纵快马，与子看山雪。

即　景

新吹蜜气馥漫漫，摇落斜晖色正丹。
花下人如糖杏子，一层春暖叠春寒。

如梦令

极浦秋云来泊，雨响潮声交错。澹荡起风烟，料理江南花落。红萼，白萼。一屉圆珠蒸着。

西江月

零雨些些砚上，窗晴漫放迟迟。就书闲录古人诗，墨与山青如此。

下笔去云归棹，心头柳线风丝。芳春写到欲飞时，一点檐花镇纸。

清平乐

何年再会，何处重相对。何以安排今夕美，琥珀月中清桂。

不改万古临风，不多顾自玲珑。不过与人怀想，揽之恐碎虚空。

卜算子·觉来

一梦竟深宵，春雨凉如酒。衣上窗风渐渐沉，恃醉偎依久。

灯下看长街，花落城清瘦。语笑些些双影来，过了邻家牖。

青玉案·岁末

夜来微雨寒轻易。世依旧、年难避。淡晓楼台天海丽。疏云半抹，长风万里。旅棹些些记。

清游已事中年寄，放懒尘埃笑而已。但有奇情无可替。金樽烈酒，芸窗花气。一往情深你。

江城子

凉宵欲半雨声来。画窗开，落花偕。零彩疏香，递过旧门牌。探手人如秋野树，拈不住，复萦怀。

仍然短纸就灯裁。漫支腮，赋阶苔。一宿三餐，并没甚清哀。暗觉青深闲屈指，君去矣，十年哉。

喝火令

市静飞花后，秋深疏牖前。月牙一叶到中天。城远城高城阔，望我或如烟。

我望清光是，温柔美少年。随云泊向夜阑珊。也自恹恹，也自欲成眠。也自时空旅久，犹未解人间。

2016年

珠　露

蛛网悬夜风，玲珑多异彩。
明月出其间，一露一沧海。

故　人

故人江上来，烹鱼以为餐。
小镇初过雨，老屋花气寒。
语我同窗事，一一富且安。
醇醪杯三尽，青箸亦未闲。
偶及君姓字，新妇淑并嫣。
檐滴惊脍落，相忘已多年。

落花游二首

春衫几换应花风，一霎还成快意红。
到底光阴似名剑，伤人犹在笑谈中。

山石林泉清发响，我无良伴劳空想。
偶然伸臂到飞花，似有春风来击掌。

中　　秋

君不见白月如蜜天上落，一夕倾倒黄金萼。城秋变换桂花糖，百姓欲尝分帘箔。云汉应宿牧蜂人，尘海不绝惜芳乐。巢开一窦十分圆，千年万里暂停泊。

霁　　月

天街余雨风前看，兔脚滑落广寒殿。
人到微醺不知愁，当窗举出青玉碗。
湿光乍起泼面轻，涟漪欲定吹又满。
东走西顾复何从，倒影娟娟捉已晚。

如梦令·晓看白玉兰

海上风来漠漠，宿雨栖禽扑朔。屏息欲相亲，一树春心乍觉。啄啄，啄啄。白喙白翎白萼。

三字令·My Baby Shot Me Down[①]

春愈近，教堂蹊。宾客众，酒杯齐。予缟服，尔缁衣。贫还富，康或疾，永偎依。

相对笑，日痕移。春婪尾，影斜西。Bang Bang Bang，大钟啼。花在抱，红芍药，白将离。

【注】

①My Baby Shot Me Down：出自歌曲 *Bang Bang*（*My Baby Shot Me Down*）。这是 Nancy Sinatra 演唱的一首歌曲，电影《杀死比尔》的片头曲。

清平乐·我

少时问母，有我缘何故。母曰高楼人掷汝，幽梦已经笺注。

所以来处虚空，余生但赴无穷。思念无须辗转，我于分裂途中。

皂罗特髻·红色风信子[①]

怎生贺汝，算旷野重逢，绮年无复。怎生贺汝，称此生幽独。千千度、怎生贺汝，借游人、遍把浓晴祝。怎生贺汝，若片时相逐。

他日怎生贺汝，漫穷眸飞毂。路尘定、怎生贺汝，或消得、永忆天风馥。怎生贺汝，以我为花簇。

【注】

①红色风信子：希腊神话中谓风信子为太阳神阿波罗所偏爱的美少年雅辛托斯的鲜血所化生。

天仙子

晓梦初醒窗户左，半盏红茶迷局破。风吟露响卜花声，伊爱我，不爱我。蝴蝶驮些轻叹过。

云影依依金粉堕，一线年光高下簸。嫩晴因索故心来，十岁我，廿岁我。等是噙香栏角坐。

侍香金童

月弓风弦，夜色凭窗探。悄悄春心抽一箭。秀出兰丛青欲远。攻艳唯香，守清须战。

发魂千梦万，轻寒驰骋遍。极一射之疆花事满。结阵依然衾枕畔。鸣露收兵，叶痕萧散。

金缕曲·下山

归去花如衲。缀前程、林幽径曲，苔文成沓。聊却轻寒当残照，红意绕肩三匝。暗拾取、清风一霎。远近流泉声竞诵，辩婆娑、高下啼莺杂。烟草席，石头榻。

未曾生我谁听法。想故人、前身此地，履痕初拓。相遇还无天何意，漫道岁长春狭。渐尘境、华灯来狎。回首重峦深一谒，是老僧、已死成新塔。香入定，万云合。

高阳台·芙蓉石手串

岩髓生涯，芙蓉姓字，公然木石前盟。一脉红丝，腕上试探心声。十八[1]秋后清圆甚，信他山、证到无陵。漫铿锵，吾骨吾肌，吾忏吾情。

背人不语摩挲际，算尘埃别久，偶尔堪惊。短痛深哀，中岁寸寸都平。相携只到捐忘处，便云端、亦莫同行。怕前来，询是询非，询旧询名。

【注】

①十八：串珠之数。

2017 年

有　　鹿

烈烈春阳，芸芸春木。
若有鹿来，经我书屋。
影在青墙，声回远麓。
野有鹿来，笃笃笃笃。
双角擎花，一尾多馥。
为辞我来，终始奋足。
尘满虚空，光横游目。
有鹿不得，归以幽独。
鹿之梦我，我之梦鹿。
风过门衢，樱桃扑簌。

林　　下

桃树响熏风，桃根落果实。

似人埋首坐，沉思少年日。
少年不要怕，中年不要悔。
而今知言者，如何自相罪。

碗陆记

食胡萝卜，置残蒂于碗中，任生任灭。后芽出，青葱可爱，见之宛如大陆。

食余萝卜安于午，疏泥不卸蒂留五。
浅水才平碗底青，堪堪其中由自处。
细雨当春发野心，天风一夜吹苌楚。
宛然大陆海中抬，初有作为脱寒武。
方圆龙迹起山文，高下蜉蝣杂林曙。
览尽生机无一人，人如苍鹰瞰红土。
地见坟隆状老猿，将来与谁称始祖。

夜　读

随风报道二三声，昨夜轻寒复入城。
如就檐花捡春雨，伴书一碟脆花生。

雨夜二首（选一）

春势后发慢腾腾，浊醪竟亦不可轻。
人是枯荷吹影坐，夜潜薄醉泥高城。
绵入东风千里地，微于饮啄三两声。
信有相思如燕至[1]，虚牖聆听张雨生。

【注】

①句出张雨生歌曲《如燕盘旋而来的思念》。

忆少年·饮九窨针王

扣窗激水，扣壶说梦，扣杯惊蝶。还成绿烟去，逗春浮云缺。

扣椅听香轻合睫。听江湖、第一痕雪。闲闲入清浅，散这灯如月。

天仙子

片片清风吹若纸，梨花陌上人三四。稚儿不解惜青春，青梨子，黄梨子。快快秋来堆满市。

前　　调

四月楼头风亚亚。雨弄莺声纷溜瓦。少年春恨不来时，书一架。花一架。尔外人间随走马。

忆江南

风剪剪，楼影泛河烟。夜树孵花巢夜雨，春人被酒怯春寒。灯火玉栏杆。

卜算子·见山荷叶耳环作

捻一穗儿烟，勾一风儿绪。耳畔山荷叶不开，除是幽人语。

多少别离难，都被花听去。此欲相捐不可捐，伸手空如雨。

柳梢青·圆月

第一炉香。松梢落雪，庭户其光。第二炉香，板桥人去，行迹深长。

三炉微厌辛凉。是何以、清宵未央。在半空书，入衣衫写，问信风廊。

小重山·列车上

一握危峰削似肩。我行苍脊上，界春烟。春回万古碧云天。脱手处、辗转胜经年。

梦觉晓风翻。此身依旧在，客途迁。尘埃野马动川原。要听得、千树骨珊珊。

临江仙·以旧句“吾骨未清圆”成词

人境两眸寥廓，长宵数里轻寒。区区灯火下城关。感秋思皓色，故意桂窗眠。

宝斧关心梦后，酷香吹屑身前。铿铿凿月碧云天。山河恒磊落，吾骨未清圆。

蝶恋花·家常黄鳝

截取溪山春几段。一尾春愁，游入家乡饭。紫背春蔬相映看，半锅春水煨春鳝。

红薯粉丝轻拗断。泼辣香成，分付汤中散。沸沸不休同豆瓣，说从今后成稀见。

水龙吟·鲸落

永兮吾意无伤些。歌兮水中央些。华筵万里，嘉宾且入，狂飞觞些。日月相迎，烂星以贺，风讴长些。去来兮先往，古船谁姓，桅如骨、琳琅些。

渐晚兮身凉些。疏甚矣、复同堂些。鱼分鲛近，冬辞夏请、各徜徉些。皆有穷时，终消散句、忆踉跄些。到迟兮阿蠹，沉缘休弃，飨沧桑些。

2018年

皂罗特髻·暗香

不知所起，正月色巢帷，一凉而再。不知所起，化夜空难逮。轻如梦、不知所起，但中宵、恁把幽人赖。不知所起，拢布衾微彩。

噫吃不知所起，诵斯情堪待。有余叹、不知所起，渐天白、鼻观惊疏籁。不知所起，乍蝶魂都解。

2018年1月16日

柳梢青

半里长街。腊苞新破，夜色初偕。几把寒香，数星灯火，上了楼台。

江湖客在尘阶。莽风雪、箫声里来。按絮千铢，吹花万贯，打发春怀。

2018 年 1 月 20 日

踏歌·烫猪血

艳雪。问杯缘绿酒如何烈。掠窗前暮色将如铁。散铿然一片花声裂。

酽血。落半锅烟水翻波切。滚春气馥馥冲衣褶。吊清平风味由汤热。

添酽血，听艳屑。天寒各付与香油碟。漫差遣今番，竹箸周旋彻。伴城关夜火相叠。

2018 年 1 月 26 日

醉红妆·立春

稀煨琥珀恁厮磨。醉深来，尚起歌。漫招花魄伺无多。攀灯影，立清沱。

狂香催促夜婀娜。跌青盏，水仙窝。渐向凌波幽梦里，欹月脚，做春魔。

2018 年 2 月 4 日

花　　碎

隔水萧萧白梅树，投花如璧身倚柱。几遍东风得意来，奋声一拍香何怒。狂士烂漫与蜉蝣，恨无螺杯掷相附。

2018 年 2 月 22 日

上　　元

平桥浸浸水风宽，领略团圆倚画栏。
天上谁投青石子，满城灯火漾微澜。

2018 年 3 月 2 日

见海棠苞作

雨桥西北海棠中，态度惺忪气色红。
渐次迸春声大起，如衔蜜酒喂东风。

2018 年 3 月 25 日

菩萨蛮

一程珠雨江间溜。少年隔水轻回首。微冷过芳朝。清风落艳桃。

拈花翻不敢。怕为春魔陷。向我寸心中。洇成要命红。

2018 年 4 月 2 日

春　晴

玉铃铛，声若缕。袅光风，穿院宇。掠青檐，花煦煦。吾不言，子不语。香即来，香忽去。燕儿窝，滴春雨。

2018 年 4 月 6 日

见春末有白玉兰忽开作

结跏云脚世情悭，入眼芳菲落等闲。
心到全灰出烟雨，一春婪尾破生关。

2018 年 5 月 1 日

白睡莲发

天际辉辉湖面白，漠然如月眼中开。
贪香不可长延伫，水鬼攀花欲上来。

2018 年 5 月 2 日

清平乐

秋灯照我。秋影床边坐。一片秋声帘外簸。好个清秋经过。

秋街细雨婆娑。秋风秋树消磨。饱乳孩儿睡稳，近来夜哺无多。

2018 年 9 月 11 日

鹊桥仙

望江街左，枕江街右，树影灯痕三四。水云窗下过轻车，新溅起、金秋如渍。

一番清雨，一番风绪，一一点开桂子。听香下落坐多时，听不到、种花人事。

2018 年 9 月 14 日

东坡引·立冬

安排麻酱足。掂量韭花绿。浓香漫与浮烟逐。呵玻璃画竹。呵玻璃画竹。

猗猗未就，汤沸羊熟。一釜雪、翻红肉。新冬味道沾衣服。醇醪添断续。醇醪添断续。

2018 年 11 月 6 日

忆旧游

正银绒歇了，树色畸零，各自恹恹。风润花粘担，见布袍身去，惯著烟蓝。“豆腐脑诶”声续，稍驻老街檐。趁冒冷人稀，观书自在，雪北香南。

呢喃。过游侣，恁绮年玉貌，并影纤纤。生计添也易，落红油泼辣，葱屑微盐。热气腾腾交与，少女却惊咸。惹浓笑轻嗔：莫非有我还不甜？

2018 年 11 月 14 日

落花诗

露零窗北月明枝，正自秋风解艳尸。
崩腾似羽飞不尽，飘荡如魂搜已迟。
尚余香者虚空挂，乱红成流檐角垂。
凝鲜带粉抛在地，如此头颅堪斫之。
一夕光彩纷纷化，是我山中梦醒时。
芙蓉清冷何年种，种花人老应亦辞。
留恋花神不能久，此恨终于见五衰。

2018 年 11 月 17 日

霜天晓角·大雪

人天俱白。几段街檐黑。解释非空非色，投间幕、风花侧。

是客。等是驿。同行如默剧。日出竞相离去，都瓦解、一滴滴。

2018 年 12 月 7 日

呦　呦

四月芬芳好，去来衣上侵。
古原春欲逝，春水故相寻。
苔石蹄痕窄，风鸣万壑喑。
落花如霰弹，白鹿绝空林。
遗我交枝下，乔声发野心。

2018 年 12 月 12 日

归田乐引·闻香

洗晾衣衫就。伫落樱、一番风骤。绳上微阳溜。半凉，半暖又，半晌，清昼。领取飞红点铜扣。

襟前春欲皱。似趁水、生涟归蜜柚。早茶新煮，递与男朋友。贴身，说话久，异馥，稀有。白麝些些更深嗅。

2018 年 12 月 15 日

慢卷绸

七上八下①，轻飏正好，度远来春气。似猜忖前期，土灶灯旁，一等再等，桐花窗底。辣涌辛翻，肉红蔬绿，捉酒乘烟起。忆某某当年，举箸添杯，谈火锅技。

汤珠数坠。如斯烫、毛肚才甘脆。漫安放身前，照影青花碟小，几点蒜茸相缀。屋角声回，隔墙听到，石巷珊珊地。想遍口油香，满地时霖，这样金贵。

【注】

①七上八下：谓烫毛肚之技巧。

2018 年 12 月 31 日

2019 年

十五望月

一面桂花落，一面桂花开。

昔谁抛银币，高旋不下来。
枯荣失考察，阴晴绝相猜。
负光一时望，正反俱皑皑。
何如桂花酱，从头谢安排。

废　话

少年有一妙，气盛若无殚。
凡事俱可执，从头亦不难。
我今三十几，疲沮骨骼酸。
始觉中年到，忽忽一日完。
自娱还自乐，自罪且自宽。
小闲捡韵坐，余力与纸团。
平上去入众，何部不相安。
偏偏有缘处，常常十四寒。
同不同我好，喜他不喜欢。
近似前生事，此生半将阑。

头　痛

一痛身相煎，一痛心致郁。
痛与不痛间，生存似行乞。
辱我长年羞[1]，我犹怜此物。
痉挛等求全，如何不委屈。
不能烧烫斗，项上好生熨。

【注】

①句出孟郊《夜感自遣》："死辱片时痛，生辱长年羞。"

见　　雨

留恋残春留未得。雨脚浪游烟水国。
涉江极白山极黑。中间莲花若无色。
生老病死昔谁刻。天地荒荒舟影失。

石　　鱼

西南有镇曰石鱼，幼时不知其文字。
但为平生嗜鱼故，理所当然以食志。
人面既可铸银钱，食色亦可名土地。
石鱼岂如食鱼好，人之大欲存于世。
教人日日起相思，每举箸时盼插翅。

青弦自千岛湖入新安江

仙裙一角垂荒湾，浦黛云白夹青山。
神姬乘兴涉烟水，赤脚周游掩潺湲。
道人心逸从其迹，赁船虚无缥缈间。
波扬浪涌随经纬，一鱼一饭便回还。
还来天地似去时，四顾茫然鸟关关。

十九午睡半醒以清唱辅车轨白噪音续眠有记

忽然又是婪尾春，正宜午睡入香尘。好梦欲接接未得，恼煞怀中追梦人。横抱不成竖不成，助眠偏爱走轨声。恍控白驹浮世过，还须音乐壮前程。歌到唱时方恨少，临场搜佛诸天渺。勉将《送别》叠三叠，孩儿渐定哭渐小。此时城市颇似诗，太阳金黄烫南飔。柳绵飞去山山外，句至咏叹旧相知。相知相知何处之，I lost you in the white noise。

览　月

若有残垣空里见，轻云慢展羊皮卷。
春幡袅袅美人头，秋杵沉沉广寒殿。
古桂多香绝蠹鱼，老蟾酣睡披花霰。
天风隔世入窗来，兔脚应勾罗被线。

与十九散步

浩荡天风吹未央，出门但觉午茫茫。
春浓大似情浓甚，花国俄如古国荒。
退守墙垣遗惨绿，偏安掌握吐哀香。
晚樱一片教儿子，草木尤知无不亡。

夜　坐

狂香数断远飔寒，星似繁钉夜似棺。
后死人来殓春坐，久悭情为别花难。
红伤困辱哀无鸩，白堕虚明病坠欢。
事了还如拾荒去，睡窗轻合梦重完。

夏　首

嫩噪冲云夏出焉，青山隔雨坐空蝉[1]。

可能春恨终无解，到底生涯竟可捐。
永日跏趺树庄重，十方讽呗水缠绵。
凭窗一览如伸手，收入余欢破碎前。

【注】

①空蝉：日语词汇，谓指现世一如红尘，如蝉蜕般虚无易碎。

十六夜

光如掷匕裂窗风，展尽清圆月已穷。
孤客起寻隙中马，众生过往广寒宫。
尘埃此际敲应碎，生死俄然凿欲通。
有命徒为征服者，我来我见我空空。

远　航

北冥有兽接人烟，水影空虚界宝船。
大白鲸讴古棺启，王乌贼落巨妖眠。
臆中光怪吾存在，眼底沧浪彩变迁。
广阔能逾几千里，青林解说旧桑田。

拾海螺

附耳鱼龙窟未崩，居然掌上握崚嶒。
山藏海骨如新塔，夕听晨钟似老僧。
一语都无邀影坐，千帆若有等云蒸。
半生行动原商旅，护送尘埃过眼曾。

清平乐·题青弦摄朝阳洞落花幽径

如波倏烁。花映晴光落。如碎水晶铺到脚。山鬼尽头住着。

前行步愈轻轻。周天已满风鸣。可惜人非草木，不能生老陪卿。

前调·米粉馆中

泡桐花下。黑板标新价。雨白肉红餐点罢。过早客人闲话。

口味自己才谙。这边要碟椒盐。没有鳝鱼米粉，二回可以增添。

木兰花令

矮桂在盆风细细。动荡新晴光色绮。秋遍榻，睡孩儿，若有蝴蝶身畔起。

天香振落金无数。毯上伏花如伏虎。一头拈入梦中来，正是肉拳争气处。

2019 年 1 月 22 日

皂罗特髻

白梅夜绽，是梦醒楼空，腕脂留砚。白梅夜绽，乍一嗟深婉。凝眸处、白梅夜绽，那清香、甫近还飘远。白梅夜绽，始放低心算。

风里白梅夜绽，走春魂千万。簇如锦、白梅夜绽，坐相共、色与轻寒满。白梅夜绽，渐雾光吹遍。

2019年1月26日

天仙子·听雨

巷雨窗风飘耳细。慢春冬序钟声起。想人檐下撒香粳，咕咕拟。碎碎地。唤过鸡雏来食米。

2019年1月28日

前调·见白梅作

花似花非三两树。春脚归来埋蝶处。娇寒一点猛于愁，风盈路。听香伫。倦睫轻开惊夜雨。

2019年2月2日

云仙子

一片春云裁作儿。捉针人在烟霞里。帕儿初绣起清风，不可以。不可以。吹入尘埃教拾起。

减兰·成都

怎生唤汝。蜀太官方天府古。落座街边。幸好中年始入川。

何如嗲辣。似个妹儿乖又黠。相失春风。等待红油抄手中。

河　传

小富。闲户。即心舒。无事吃茶买蔬。或者人境想妖狐[1]。其余。聘风为秘书。

“午后和春有约会。早准备。趁这阳光美。”步深香。咖啡房。就窗。落花添似糖。

【注】

①句出网上偶见之诗句：“久居人境想妖狐。”

品令·薛十九你站住

你且慢。拉拉裤、穿了刚刚一半。纵挨着、倚着稍稍站，也好歹、提上算。

玩具在明在暗，老母亲屡遭绊。追赶过、几遍爬爬毯，彼君子、坦蛋蛋。

蝶恋花·老汉儿钓鱼

河水豆花毛豆角。饭后茶余，闲着空闲着。饵挂金钩长线缚。湖山拐里穷行乐。

夏正滂沱香漠漠。叶在云间，粉白花相错。水色沧浪风滑脚。草鱼儿背斜阳落。

蝶恋花

坎上东风吹过肘。恻恻轻寒，没的生新皱。二月田中行未久。犁春人在青牛后。

一路随身斑竹篓。鳅鳝时来，莫令滋儿溜。即见即挝勤下手。老妻应已厨窗候。

皂罗特髻

在重庆好，这落雨吹花，火锅天气。在重庆好，往老榕烟里。都知道、在重庆好，一推门、扑鼻牛油气。在重庆好，挡暮春寒起。

风味在重庆好，领江湖如是。喝闲酒、在重庆好，烫毛肚、似等人将至。在重庆好，“上鳝鱼，哥子！”

行香子·豹子花

谁滞云中，谁复思量。咏九歌、哀到无伤。神灵甚处，游子何方。自养斑斓，托草木，寄幽篁。

因谁喜聚，添谁妄想，历几场、野火烧荒。迢迢烟水，莽莽山冈。我是欢喜，是愤怒，是安详。

喝火令·红烧肉

夏往从秋至，繁忙复白忙。忽然而已半生荒。何以解忧说道：入我小厨房。

北市晨称肉，东桥夜炒糖。五花切作四方方。活色生香。活气乍汪洋。活在汁浇饭里，来日信方长。

喝火令

细水调春雪，春云待起酥。好风今夜入中厨。亲擀一张春月，挨着远天敷。

火气无多大，时温渐上初。十分光润莫教糊。几处微焦，细看似蟾蜍。几处暗香浮动，桂馅带油珠。